Jul.

藤花与草莓

[日]川端康成 著

遗失在藤花树下的少女时光，是一去不返的幻梦

叶渭渠 译

浙江人民出版社

目录 Contents

- 当铺　001
- 黑牡丹　006
- 日本人安娜　014
- 父母离异的孩子　020
- 舞女流浪风俗　027
- 显微镜奇谈　035
- 望远镜与电话　040
- 厕中成佛　050
- 鸡与舞女　054
- 化妆的天使们　059
- 被拴住的丈夫　067
- 白粉与汽油　071
- 百合　079

- 舞鞋　081
- 雨伞　089
- 后台的乳房　091
- 睡眠癖　094
- 吵架　096
- 脸　098
- 化妆　100
- 妹妹的和服　103
- 遗容　109
- 舞会之夜　112
- 始于眉毛　118
- 藤花与草莓　119
- 秋风中的妻子　122

- 爱犬安产 125
- 十七岁 130
- 裙带菜 137
- 布头 144
- 娘家 151
- 水 153
- 石榴 155
- 五角银币 160
- 山茶花 167
- 红梅 174
- 布袜子 178
- 噪鹛 182
- 夏与冬 188

- 竹叶舟 195
- 蛋 198
- 瀑布 204
- 蛇 210
- 秋雨 214
- 信 218
- 邻居 221
- 树上 225
- 骑马服 228
- 喜鹊 232
- 不死 236
- 月下美人 241
- 地 245

- 白马 251
- 雪 255
- 久违的人 259

- **附录** 264

  打开川端文学之门的钥匙 264

  川端康成生平年谱 268

  译著等身,风雨同路:记学者伉俪叶渭渠、唐月梅 277

当铺

门松[1]的影子，落在因雪地的反射而变得明亮的毛玻璃上。当铺老板的儿子坐在店堂里，身穿的新衬衫敞开，露出了白皙的胸口。这少年嘴唇红润，脖颈周围都是柔嫩的脂肪，像姑娘般光润。年底才新换的白木格子窗棂，显得格外明亮，恍如舞台上的当铺布景。他透过格子窗，与少年互祝新年，所以他很悠闲，一边微笑一边谈论放高利贷的事。按月息一成计算，三百元债得付三十元利息。

"这么说，要是有一千五百元或两千元本钱，靠吃利息就可以过上宽裕的生活喽？人们怎么不在社会上放高利贷呢？不可思议啊！"

"所以，最好不要去借钱。到期限前先扣除利息，还有手续费、调查费等，结果拿到手的远比所借的额度少得多。就算这样，没有担保的所谓信用贷款，更是难之又难。"

"有点难住了。要是附近有你们家熟悉的贷款户，希望给介绍介绍，好吗？"

"这个嘛……"少年像小姑娘似的，亲切地笑了，可话声却像商人的油腔滑调，有点虚情假意。

1　新年时在门前装饰的松枝。

"——要是介绍,也许对方会说你们店给借好啰。"他这种只顾自己瞎盼,也就无法在脸上表露出来。他想起在雪道上等待的女子。这时,门扉打开,他大吃一惊,进门的并不是他的女人。

一个男人仿佛随时都会死在路旁,好不容易才回到自己的家一般,推开关闭的玻璃门,呱嗒呱嗒地踉踉跄跄走进来,咽气似的跌撞在墙上,借用肩膀的力量蹭墙行至账房前,抓住了账房的格子窗棂。

"初次来,想借点钱。"

原来是一件女式和服长衬衫,薄毛呢都被女人的肌肤弄脏了。他将视线移开。这男人的衣服下摆露出了旧法兰绒的睡衣,木屐的厚齿上沾满了雪泥浆,粗股的木屐带已松动了。

"初次来,不上府上看看,不能给你典当啊。"

"嗯。其实,年底我来过一次,您也是这样说的。当时内人还顾忌邻居耻笑,如今已经顾不上了。请到寒舍来看看吧。十一月以来,我们俩都卧病在床,是凭着这副躯体,从车站那边走到这边来的,也许回到家就累垮啰。我只能慢慢走。一起到寒舍来看看吧。能不能先借一元五角呢?"

"正月里没有人手啊。"

"约莫一公里半地,我得走一个小时,请念在我是个病人的分儿上,就借我一点吧。"说着,男人用报纸捂住了脸,咳嗽不止。膝头紧并在一起,污秽的手和报纸一起颤抖,并且用敲诈似的迫人口吻,絮絮叨叨地诉说着同样的话。当铺老板的儿子像倔强的小姑娘，沉默不语。

"这么央求，你也……"说着，男人抓起和服长衬衫，准备用报纸包起来，转眼又慌忙用膝头遮住溅在报纸上的血迹，说，"你身上流的是不是血？是不是血？"

"遗憾。我身上流的血，没有多余的可吐呀。"

"什么！"这男人连连咳了几声，冲着格子窗吐了一口唾沫，"记住，这是人血啊！"

这男人额暴青筋，横眉怒目，仿佛当场就要倒下。

他说："恕我冒昧，倘使是一元五角，我来垫付吧。"

男人惊愕地瞧了瞧他，随即垂头丧气，浑身无力了。犹豫的时候，门扉又打开了，他便将钱硬塞给这男人。

"那么，请收下这个吧。"男人将和服长衬衫递过去。

他笑着推了回去。

男人深深地低头施了个礼，长长的头发把前额都盖卜了，一边念念有词地说了些什么，一边步履蹒跚地走了出去。当铺老板的儿子从店堂里面拿来消毒药，揩拭了格子窗上的血。

"简直是从地狱里来敲诈勒索的啊！"

"哪能收下那种布满肺病细菌的东西呢！听他那种演戏般的傲慢言辞，可以断定那家伙是个理想主义者。"

第二个男人逃也似的走进来，站在一个角落里，无意去听他们两人的对话。当铺老板的儿子一回到账房，男人就毫无礼貌地靠近账房，从怀里掏出一个小纸包。

"一共多少？"当铺老板的儿子把小纸包打开，原来是成沓的钞票。他点数钞票的时候，男人为了瞒过他的眼睛，像蝙蝠似的伸展衣袖，用双手抓住格子窗。是当铺老板的儿子刚刚揩拭过血的格子窗。这背影酷似蝙蝠，难看得令人毛骨悚然。男人从少年手里接过当票，板起布满痛苦阴影的脸，走了出去。

"刚才那沓，大概有一百多元吧？需付一百多元的利息，究竟典当了什么呢？"

"那不是利息。"少年好不容易又恢复了姑娘般的微笑，"这是秘密。他典当的是现金。"

"莫非是小偷……利息由谁来支付？"

"同典当物品一样，由对方支付呗……据说他就住在附近。这户人家经常跑当铺，想让人家以为他们很困难。同刚才那个病人正好相反。"

"既然这样装穷，可见这笔钱很可疑。他做什么买卖呢？"

"装穷，不花钱，就没有人来要钱嘛。"

"可是，我却因为有人来要钱受不了哪。能不能通融把刚才那笔不可思议的钱借给我呢？"

"这个嘛……"少年走进店铺里面,良久才又带着小姑娘般的亲切表情走了出来。

"家父说可以借……就是刚才谈到的三百元的一半。"

他飞跑到洒满阳光的雪地上。他的女人正和孩子们一起在杂树林旁堆雪人,明朗地欢笑着、玩耍着。

黑牡丹

　　黑牡丹
　　父　小猎狗
　　母　哈巴狗
　　出生地　赤坂青山南町五之十五　渡边雪子转
　　诞生日　1928 年 10 月 26 日

　　"黑牡丹？白狗的名字，为什么叫黑牡丹呢？"
　　"耳朵呀，你不觉得它的左耳朵像朵黑牡丹花吗？"
　　"哪儿？让我瞧瞧。"他说着搂着小狗的头，把它抱了起来，小狗顺着他的胸口往上爬，忽然用舌头舔了舔他的嘴唇。
　　"瞧！首先就看中人家的嘴唇，真是个机灵鬼。你是个前途不堪设想的不良少女呀。"
　　"它是只母狗啊。"
　　"原来是只母狗呀。"他说着望了望雪子那露出腼腆神色的脸颊，自然地想起她的吻。所以他觉得在热烈亲吻他的小狗可爱极了。
　　"可是，漏写了牡牝性别了。"她说着从挂在狗脖链上的口袋里掏出一张纸条，再次把它摊开。

"这是你家堂堂正正的户口副本嘛。"他说着不禁打了个寒战。因为他让雪子生了个没有堂堂正正户口的孩子。但是,她说:

"它既非牡也非牝,为了让它生活得幸福,我特意将它写漏的。对吧,黑牡丹。"

"这只耳朵像牡丹吗?顶多只像一片花瓣。"

"就算是花瓣,难道不像牡丹花瓣吗?"

"是个好名字,不过也没法一次次地叫黑牡丹、黑牡丹呀。我不喜欢黑,还有什么牡丹?牡、牡啊。"

"宝宝,宝宝。"

"不是宝宝,我说的是牡。"[1]

"可是,你真的要吗?"

"当然要。我家里也领养了两只野狗呢,眼下大概还躺在窄廊下睡觉。前些日子,我妻子去买香烟。那是一位人品正派的老太婆开的铺子,她看到狗群尾随着我妻子,就说:'这些狗都很可怜啊,如果有剩余的食物,您就给它们喂点吧。'妻子说:'我们家会每天都给它们喂饭的。'话刚落音,老太婆吧嗒一声双手着地,施礼致谢。就在这时,又从屋里出来一个老太婆,两人一起低头施礼说:'谢谢了。'就是说,这两只狗的原主人迁居镰仓时,把狗遗弃了。长期以来,狗

---

[1] 日文中"宝宝"一词的前两个音与"牡"的发音相同。

就在这一带的垃圾箱或人家的厨房门口徘徊觅食,渐渐地,变得又脏又瘦,眼神也变得贪婪可怕。无论走到哪家,都被人家轰走,也遭到同类伙伴的轻蔑。真是的,连同类之间仿佛也明白对方主家的身份和财产,不论哪只狗都对这两只乞丐狗冷眼相待。它们被我们家领养之后,跟着外出的时候,街上的孩子们都跑过来向它们投掷石头。我妻子觉得孩子们太过分了,就跟他们吵了起来。香烟铺的老太婆平常也很同情这些狗,所以才对我妻子施礼致谢的。"

"太好了。你很喜欢狗,我是很清楚的。不过……这么说,尊夫人也喜欢狗呀。"

"但是,富贵人家出身的狗不知会怎样呢。"

"很晚才回家吗?在哪里……"

"你是说我妻子吗?其实她是去舞厅向当年的熟客推销我的画。因为听说你们将去中国,得把钱还给你们。所以,我也到处走动走动。"

"是吗?这样看来,尊夫人还是没有坦诚地接受我的心意啰。就说今天吧,我阔别两年又来了,她没在家,我竟擅自进屋,并且在画室里画画取乐。"

"嗨,我妻子嘛,她对我从以前的情人那里借来我们的婚礼费用,也很高兴地笑了,得表扬她呀。至今她还是这样一种心情。不过……"

"但是,我已经没有时间收钱了。明天一早就出发。如果尊夫人愿意收下我这只小狗,这就够了。"

狗在她膝上睡着了。一抚摩它的头,它就把眼睛睁开一条缝,仰望着他的脸,喉咙里咕噜咕噜作响,仿佛在请求让它睡个好觉。抚触这柔软的长毛的手感,使他心中涌起爱护幼小者的那股温馨。孩子——雪子是不是为了使他想起孩子,才把小狗带来的呢?

"总之,能不能跟我去一趟舞厅呢?说不定她已经凑到了一点钱。"

"我很想见见尊夫人,却讨厌提到钱的事。"

"我的妻子去凑钱,我心里就总觉得像那只狗到别人家厨房门口乞食一样。"

他说着站起身来,从和服袖兜里拽出满巴掌的纸屑,一边放在白腰文鸟笼子上,一边说:

"今年年底,我想家里也该买一个废纸篓了。"

离开他膝上的小狗,睡眼惺忪,走路跟跟跄跄的。它伸了个大懒腰,就跳到他的和服下摆处尾随着他。

"这只狗可叫我为难啦。放在我家怪可怜的,又不能让它坐电车……请你给它付汽车费吧。"

在汽车里,雪子一边让狗叼着手套,一边说:

"这样我就可以无拘无束地向你和尊夫人告别,在现今的世道里,能这样做,应该感到幸福了。"

"所谓现今的世道,又……"

"这是指对于一个总带着自卑感活着的女人来说。我是个没有工作的女人,和你在一起,想起这件事真不知有多么悲伤,也许就因为这个才分手的吧。"

"就是说,我这个男人没有正经工作。"

"我没有那么想,和你在一起生活的时候,我感到很快活。但那个时候种下的自卑感,一辈子都缠着我,只有这点令人悔恨啊。每天晚上,我让这只小狗和母哈巴狗一块睡的时候,总是这样想——我也像哈巴狗那样被人家抚养。"

"可是,小狗要小便怎么办?"

"小狗要小便的时候,母狗就会来拽我的睡衣,把我叫醒。"

"我刚才就想问了,你也是来与孩子告别的吗?"

"不。"

"你向丈夫都坦白了吗?"

"没有,唯有这件事还没有。"

"我也是唯有这件事,还没有对妻子说。"

"就那样把她培养成一个坚强的农村姑娘,也许更幸福……不过,我们能不能立下个协议?不论你或我,如果坦白并得到伴侣的谅解,就可以自由领养她。"

"另一方面,双方都不领养,也不相互责备。"

"但是,如果孩子责备我们呢?如果我自己责备自己呢?那么,我就无路可逃了。"

幸亏这时他们已经到了舞厅门口。一打开玻璃门,爵士乐队使他倒抽了一口气。舞女们恍如一股强烈的红黄蓝原色的旋涡,他惊慌失措地坐到舞厅的一个角落里。在衣着华丽的舞女中,妻子格外显眼。因为只有她一人身穿洗褪了色的平纹丝绸衣裳。她的舞女对手却穿着红裙子水兵服,看上去约莫十五六岁光景。妻子瘦削的肩膀上,垂肩的头发在脑后扎成一把。他立即忘却了刚才的羞愧,只觉得有一股静静的温馨的情丝爬上了心头。舞曲终了,舞女和客人旋即分成红、黑两组,分别聚集在舞厅的两侧。她一个人混在黑组里走了过来,发现他和雪子的时候,脸上顿时飞起红潮,一直红到了脖颈。

"哎呀,不,真吓了我一大跳……我蓦地忆起过去,就想跳舞。刚才与我搭档的那个姑娘特意紧紧地握住我的粗手,问道:'啊,姐,你幸福吗?'真使我感到悲观啊!"

"我向雪子要了这只小狗。"

他让藏在袖兜里的小狗露出脑袋来。

"呀,真可爱。"她说着把小狗抱了起来,不顾周围的人,一味地往脸颊上蹭。这时场内响起了华尔兹舞曲。妻子忽然高兴地说:

"太太,跳起来吧。"

不过,使他惊讶的是雪子,她说:

"我只会走步。但作为告别的象征跳跳也无妨。下次重逢,彼此都成了老太婆的时候,交际舞什么的,说不定会成为梦啊!"

她说着爽快地站了起来,不是吗?男士们蜂拥而上寻找女舞伴,稍晚一步,妻子也把小狗递给了他,然后一边搂着雪子的肩膀,一边说:"我可是个女的。"

这当儿,他没有接住小狗,小狗钻进舞池的人群中四处乱跑。他蹲下来去追它,可是被跳舞的人的脚挡住,没法靠近。接着,小狗蹲在跳舞的人中央,蹬开后腿撒尿。附近的舞女们惊叫起来,赶紧避开。男士们哄堂大笑。他拍了拍妻子的肩膀。小狗躲在长椅下面。三四十对舞伴几乎都停住了舞步。乐师们一边奏乐一边踮起脚来看。妻子赶紧跑过去,猛然将衣服的下摆盖在狗尿上揩拭干净。那哄堂的笑声戛然而止。然而,围绕着它的舞女们就成了牡丹花圃。妻子跑进了舞厅后门。侍者拿来热水和抹布。场内又继续翩翩起舞。他们三人逃了出来,坐上汽车之后,他和妻子笑得前仰后合。

"真是让你们吃尽了苦头。对不起。宝宝,就为了你,瞧,赶紧施礼道歉。"雪子说着按着小狗的头,叩在妻子弄脏的衣服下摆上。

"不,不,那样更觉得可爱了。"妻子边把小狗抱起来边说。

"多亏了你,我们不用花费分文就退了出来。我还有个请求,希望你们把它留下来。"

途中雪子下了车,妻子无所顾忌地抱住小狗,让它吧嗒吧嗒地舔着自己的咽喉。

"连狗都这样，要是孩子，不知该有多么可爱啊。我们在生活中，为什么那么害怕生孩子呢？"

"因为负担人与狗的心情不一样呗。"

"不过，这样抱着狗，心里想的是孩子呀。"

"也许雪子也是为了让我们想起孩子，才把狗送给我们的吧。"

"你是说她希望我们生个孩子？"

"不是……说实在的，过去我一直瞒着你，雪子生了我的孩子，放在农村抚养，已经四岁了。"

"哎呀，原来如此。我马上领回来。其实嘛，我也有个私生子。"

"什么呀！"说着，两人扬声大笑。

"先把你的领回来吧。别人的孩子嘛，一有什么事，心情总轻松些。因为狗比自己的孩子更亲近些呀。"

"太无情了……所以雪子才给这只狗取名叫宝宝的吧。"

"不是宝宝，而是牡牡呀，黑牡丹的'牡'呀。"

日本人安娜

他们是兄妹两人，只有一个荷包。说得更确切些，哥哥经常借用妹妹的荷包。装零花钱的黑皮马蹄形小荷包，红线镶边，这是女子用品的标志。因此，尽管安娜有一只与这个一模一样的荷包，他也没有怀疑，还觉得这个俄罗斯姑娘也赶女学生的时髦，怪可怜的……

对了，妹妹邀他出来逛百货商店时，看见装饰着化妆品的玻璃柜上的篮子，努嘴示意那上面挂的"每件一律五十分"的牌子，说："我们班上的同学都有这样的荷包呢。"

"那就买一个。"荷包就是这样买下来的。

安娜也有一样的荷包。像死蝙蝠的翅膀一样挂在摊上的黑色披巾，长长地垂了下来，她买炒咸豆的时候，他看见了她这个小荷包。他知道她有与这相同的东西，就忽然向前迈出一步，想和她搭话。安娜用黑色的翅膀搂着弟弟伊斯拉尔那没有穿外套的肩膀，另一个更小的弟弟达尼耶尔则把没有戴帽的脑袋，向老人的腰兜上蹭了蹭。

浅草公园一间间小戏棚的后台门口，涌出一些艺人和售票姑娘，这是流浪者引人注目的时刻。尽管如此，俄罗斯乐师们还是像乞丐一样，迈着缓慢的步子，踩着裸木般结了冰的影子远去。这个青年时而在后面，时而在前面尾随着安娜，好不容易才来到了公园后面的小客栈。他为了看到安娜在二楼的廊道上走的情景，就靠在马路对面的胃肠医院的白墙上，呆立不动。

一个中学生像壁虎似的紧贴在白墙上，一边伸伸懒腰，一边目不转睛地盯着小客栈的二楼。毫无疑问，也是尾随着安娜来的。那时，他是个上大学预科的学生。两人像要哭出来似的，互相避开对方诚实的面孔，冰凉的腿约莫站了十来分钟。忽然，中学生猛地将斗篷从头上套下来，然后像狗一般跑了。他走进小客栈。客栈主管把他带到安娜隔壁的房间里，立即说道：

"对不起，小店规定先付房费。"

"是吗？是一元三角钱吧。"说着，他将手伸进上衣兜里，可是兜里没有荷包。他慌忙搜遍了全身的七个口袋，都没有找到。

因为荷包刚才已经被安娜掏走了。

安娜她们从N馆的后台门口出来，又在滑旱冰的小棚前驻足，钻进观看滑旱冰的人群里。他站在安娜的后头，让斗篷的袖口稍稍触到她的披巾。安娜想走开，猛回头的当儿，踩中了他的脚。

他脱口说了声"对不起"，安娜脸上顿时飞起一片红潮，微笑了。她那瓜子脸上的眉梢和有点往上吊的嘴角，像一只凶猛的鸟似的，她微笑着瞪了他一眼，而后又低下头来。他决意尾随她……大概荷包就是在那个时候被她掏走的吧。

客栈主管在走廊上,抬起头来嘲笑似的望着他。

"荷包可能是丢失了。明儿一早我让妹妹给送来不行吗……真不好办,深更半夜的,即使往我的公寓打电话……妹妹也无法来呀。"

"先付款是我们的规定,所以……"

"就是说不能住宿啰。"

"真对不起,不过……现在可能还有电车,住在本乡的话,即使步行也能走回去嘛。"

他目不转睛地望着安娜那只扔在门口的舞鞋,一边走下小客栈的楼梯,一边用英语断断续续地唱起俄罗斯歌曲,向本乡的方向走去。

"欢迎惠顾。"第二天晚上,客栈主管佯作不认识似的欢迎他。他从隔扇的缝隙窥视安娜的房间。只见壁龛里放着安娜兄妹们满是皱纹的贴身汗衫,两个又旧又脏的箱子,箱子上面放着炒咸豆的袋子、生锈的口琴,衣服架上放着一个落满灰尘的花环,还有一具用木板组成的小木马——除此别无他物。倒下来的木马脖子上挂着一块似乎不是玩具的俄罗斯勋章。

"少爷。"来铺床铺的女佣用他有生以来第一次听到的名词招呼他,而后咔嗒一声,把隔扇打开了,"如果您喜欢这里的那个外国姑娘,我可以帮您忙。"

"啊。"

"能给二十元吗?"

"可是,可是,那个姑娘才十三岁呀。"

"哦。十三岁吗?"

安娜他们回来之后,弟弟们说了两三句话,马上就入睡了。他在硬邦邦的卧铺上哆哆嗦嗦地发抖。

第三天晚上,他从朋友那里筹借了二十元钱。但是,到他房间里来的,是另一个女佣。

父亲和弟弟入睡之后,安娜还在小声唱歌。他窥视了一下,就见她坐着,只把两只脚伸进铺盖里坐着。她把裙子折叠得整整齐齐,摊放在床铺下,膝盖上攥着一摞贴身汗衫。安娜用针缝起了衣服。

街上传来一阵汽车声。再窥视一下,只看见同伊斯拉尔搂在一起睡觉的安娜的头发。父亲和达尼耶尔睡在另一张床铺上。他悄悄地打开隔扇,爬了过去,将荷包——黑皮马蹄形红线镶边的小荷包放在安娜的枕边。这是他今天特地从百货商店买来的,同上次一样的东西。

他睁开哭肿了的眼睛,发现他房间的隔扇边上,竟并排摆放着两只相同的小荷包。新的荷包里装着昨夜的二十元钱,旧的荷包里装着十六元多——这是安娜前些日子从他那里偷走的钱,她如数奉还了。隔壁房间里的衣服架上只剩下落满灰尘的花环。安娜他们逃走了。他尽了一片稚嫩的心,却反而吓住了安娜!他从花环上摘下一朵人造菊花装进荷包里,然后疾步向 N 馆走去。节目单上没有安娜他们的名字。

鲁波斯基姐弟作为革命的对象,被撵了出来。漂泊无着的俄罗斯贵族的孤儿,住在 N 馆里。在电影幕间,十三岁的安娜弹钢琴,九岁的伊斯拉尔奏大提琴,七岁的达尼耶尔演唱俄罗斯摇篮曲。

他回到公寓里,对妹妹说:

"前些日子丢了的荷包找回来了。我去了一趟浅草警察署,原来是被可怜的俄罗斯少女捡起来的。"

"那太好了。是不是给那孩子一点谢礼?"

"她是个流浪的姑娘,不知上哪儿去了。以为丢了,本来已经死心……我想买点俄罗斯的什么东西,算是对她的纪念。"

"革命后,俄罗斯没有什么东西进口呀。进来的只有条纹呢绒。"

"对我们来说,这是很奢侈的啊,买点耐用的东西吧。"

他在那家百货商店给妹妹买了一个红色皮革的化妆盒。三四年后,妹妹旅行结婚时,还带着那个化妆盒呢。

三月间的一个晚上,一群像是不良少年的人,在银座人行道上散开走了过来。他躲避到街树旁给他们让路。他看到这群人后面有个像蜡偶人似的白皙的美少年,身穿久留米碎白花粗布衣裳,眼窝深陷,头戴黑色钟形帽子,身披下摆开衩的学生斗篷,光脚穿朴齿木屐,美得令人真想咬上一口——是女子吗？擦肩而过时，他不禁脱口说出：

"啊！是安娜，安娜。"

"不是安娜。是日本人呀。"少年明确地说完，像一阵风似的消失了。

"不是安娜。是日本人呀。"他喃喃自语，忽然伸手摸摸西服内兜，荷包果然没有了。

父母离异的孩子

一

他与她都是小说家。两人都是小说家,使他们的结婚具有充分的理由。同时,使他们的离婚也具有充分的理由。

两人的结婚是美好的。为什么呢?因为她拥有离婚的能力。

两人的离婚也是美好的。为什么呢?因为她拥有一颗能成为朋友的心。

此外,还有一件美好的事,那就是他们生了一个儿子。

孩子应该归父亲,还是应该归母亲呢——没有发生过这样的争吵。

二

他的小说与她的小说,在同一个月份的不同杂志上分别发表了。他的小说是写给分手了的女子的情书,她的小说则是写给分手了的男子的恋文——在无垠的天空中彼此追逐般的情书。

他的书桌上,摊开放着这两本杂志。

"让我们祝贺吧,你不快活吗?"

两人像几年前的一对情侣,避开旁人的耳目,走在昏暗的陋巷中。

"和我分手后,又回到与我一起生活前所住的公寓里,不是很寂寞吗?我希望你能飞得更远些。"

"有道理。好不容易分手了,可以想象彼此的生活,又像随手可得,未免……"

"让我们早点过上彼此都无法想象的生活吧。"

"这可就难了——因为我们彼此都是相当厉害的小说家。"

两人在明快的祝贺宴之后的归途中,孩子在汽车里睡着了。

"把孩子叫醒也怪可怜的,就让他在你那里留宿吧。"

三

翌日清晨,与孩子在一起的时候,他感到震惊。来到电车道上,他也不知该给孩子买点什么才好。他一本正经地说话,可是没什么话可说。就像年轻的朋友来访的时候那样,他带着六岁的孩子上茶馆去了。

这种心情就像第一次发现孩子。他仿佛现在才开始爱上这个孩子,原先觉得这孩子是夫妇之间的累赘,就全交给女佣管教了。

但是,说也奇怪,他无论如何也不训斥孩子。

孩子打开格子拉门，抓住它，环顾公寓的廊道。有人通过，他就把门关上，躲藏起来，然后再打开。他用了足足二十分钟，默默地看着孩子这些举动，最后招呼说：

"健儿——健儿了不起啊，你有两个家。"

"这里是爸爸的家吗？"

"嗯，你要在爸爸家住几天？"

"住几天呢？"孩子坐在他的膝盖上，歪着小脑袋。

第三天，他们在她家附近一下车，孩子就拽着他的手跑开了。洋房的新窗帘上，映现出大朵花的影子。

她似乎又想把家里装饰得像他们新婚度蜜月时那样。

"欢迎再来。"

他松开了孩子的手，头也不回地走了。孩子没有追上来。

四

"——问了健儿许多关于你的情况，不过，请你不要问健儿有关我的事。但这绝不是暗示你问健儿我的情况。"

孩子带着这样一封信，终于能独自到他的公寓来了。孩子是独自一人坐电车来的，他高兴极了，大概是因为没有让母亲送来吧。

"我要上爸爸那儿去。"据说孩子打那以后的第六天或第九天这样说了。这似乎不是她要再来与他相会的借口。

孩子在他跟前,一天天轻松快活起来,也已逐渐习惯,可以轻松地往返于他和她的两个家了。每当他与朋友谈话时,孩子不知什么时候就一个人去她家了。

"我们失去了家庭,可是健儿却有家呀。"

"不,总有一天,他会像父母离异的孩子,会像街上的孩子的。"

"是流浪儿的幼苗吗?"

"是实现两人离婚的理想呗。两人的新家庭就是街道上的蔚蓝的天空。"

五

看戏散场后回到家里,只见孩子独自在他的房间里进入了梦乡。他钻进孩子的被窝里,也没有把他惊醒。上午十点,他醒过来后,孩子已不在家了。晌午过后才回来,说是同街坊的孩子玩去了。

"妈妈同别的叔叔旅行去了。"

他目不转睛地盯着急忙往嘴里扒饭的孩子,一股莫名的厌恶感爬上了心头。

"旅行——什么旅行?"

"嗯,旅行嘛,就是把房门关上走了。"

"健儿也同爸爸到远方去吗?"

"这样一来,就不能回到妈妈家了吧?"

孩子满脸困惑,他心情愉快地笑了。

六

"当你的小说把我风格的影响抛得一干二净时,我们还可以再次生活在一起。"

"我不喜欢这样郑重其事,在你需要的时候,我随时都是你的情人。"

他们就是这样分手的。

然而,两人的文风日渐疏远,两人的感情随之发生了变化。他觉察到他们之间的这种隔阂,强烈地影响了孩子。孩子往返于父母之间,不知不觉间竟致力于克服这种隔阂。为此,孩子的感情眼看着迅速成长起来。孩子为了让父母都是自己的亲人,拼命地激烈战斗。这点深深地打动了他和她的心。

但是,他有时觉得孩子似乎不是他的儿子。

她在和孩子内心的新的他进行竞争,试图在孩子心里更多地植入自己的形象。

于是，两人相会的时候，她怀着一颗圆满家庭的母亲的心，噙住了眼泪。

"健儿，还是个孤儿啊！"

"即使是孤儿，也不是人类的孤儿，而是兽类的孤儿，或是神灵的孤儿啊！"

七

他再度踏入人生的陷阱。他结婚了。

也许不能说是美满的婚姻。为什么呢？因为新妻子不具备离婚的能力。他不可能与没有这种能力的妻子成为朋友。

然而，孩子第一次来到他的新居时，似乎毫无拘束地管他的新妻子叫"妈妈"，很快就亲昵起来。不知怎的，他对孩子又感到一种莫名的憎恨。

孩子待了两三天，忽然又回她家的时候，他几乎想拍拍脑袋说声"干得好啊"。这种可爱劲儿使他心中感到痛快。这不是对新妻子刁难的心情。

但是，每当孩子像小鸟般飞走的时候，妻子总是惴惴不安。

"我是不是有什么地方对阿健不好？"

他觉得妻子比那六岁的孩子还冒傻气。

"我想抚养阿健。"

"是吗？"

"不过，她是个小说家，我总觉得有点害怕。他成了我的儿子以后，能不能不让他上她那里去呢？"

"混账！"

他猛地将妻子打倒在地。她潸然泪下，喊叫了起来。

"那个孩子——那个孩子可以自由自在地跳上她同情人睡在一起的床铺。他可不是会去结婚的废物的孩子哟。"

他飞速地向无垠蓝天下的大街走去。

舞女流浪风俗

一

东京郊外大森一带,是个有很多引人注目的山岗、西方人、少妇,还有舞女的市镇。

舞女中当然有现代式的和老式的,有在舞场里和着爵士乐队的伴奏起舞的舞女,也有短发的舞女,以及手抱三弦琴站在小饭馆或咖啡馆门前、梳着裂桃式顶髻发型的艺人姑娘。

跳交际舞的舞女住在大森的山岗市街上,艺人姑娘则辗转在近海的市街上。因此,舞女美莉由舞场的客人驱车送她,沿着海边的京滨新国道行驶。她从品川开始就全神眺望车窗外的景色。从昏暗的茶会的院子里传来了三弦的琴声。

"喂,先生。"她扬声招呼,"请停一下——我带姐姐一起回家。"

她让姐姐上了车后,把客人扔在一边不顾。交际舞女把姐姐的三弦当曼陀林琴弹奏起来,艺人姑娘脱下小小的短布袜,轻轻地抖了抖,说:

"灰尘真大呀,衣服的下摆真受不了。"

话音刚落,交际舞女和艺人姑娘上了同一辆电车,分乘在二等、三等车厢里,有时不知不觉地一直坐到大森。

在咖啡馆里,客人问艺人姑娘:

"哟,她是你妹妹呀。"

"哎,是的。"

"一点也不像嘛。"

"是在孤儿院里,做了我的妹妹。"

"你为什么不当交际舞女呢?"

"我不喜欢搂着男人跳舞。"

舞场的客人问交际舞女:

"以前你不是在廉价咖啡馆里和着姐姐的三弦跳舞吗?"

"谁会干那种乞丐似的行当呢。"

的确,以今天的眼光看来,姐姐的舞蹈是一种乞丐的本事,妹妹的舞蹈是一种小姐的本领。然而,是什么东西把这两个姑娘如此美好地联结在一起呢?谁也不知道。姐姐若无其事地说,她们一起在孤儿院。听起来她十分诚实。不仅如此,小姐在人前毫不羞愧地管乞丐叫姐姐。不介意那种"今日的眼光"的妹妹,真不愧是个孤儿院出身的姑娘。一个从社会底层一跃而上的、无比大胆的、挣脱人生羁绊的姑娘。

二

看到不知道职业也不晓得身份的、打扮得花枝招展的女子,不由得让人联想到交际舞女。她们的事迹在东京还很新鲜的时候,我发现了美莉。不知是谁给这个少女起的名字,她被人们用一个洋溢着海港姑娘气息的名字"美莉"相称。她穿着一身洁白的水兵服,只有领子是深红色的——嗨,比方这么说吧,她总是给人一种清雅的少女风度的印象,并以此作为自己的本钱。

当问到"你到底多大了"的时候,对任何男人来说,都会涌上一股新鲜的喜悦。

我常常在下午三点左右的那趟国营电车上与她邂逅。她总是特意噘着抹上浓艳口红的嘴唇,挂着一副轻蔑般的面孔。我只能估摸着这位小姐大概是由于过早谈恋爱被学校勒令退学,从而做了走读生,学音乐或手工艺吧。

可是,深更半夜,有时她用两只胳膊钩住两个大男人的胳膊,满不在乎地走回家去;有时同梳着裂桃式顶髻的艺人姑娘,肩并肩地一边唱着歌一边走回家。

这个艺人姑娘总是一个人走街串巷,她那张小圆脸、红色草屐带的麻里草鞋、长袖和服和腰带间夹的微露的红色揽袖带子,几乎是谁都熟识的。

她对喝咖啡的客人和女招待都使用敬语。店铺里没有客人的时候,她在门口,脸上蓦地飞起一片红潮,低下头来说:

"阿姐,我能坐下来休息一会儿吗?"

她说着就坐在店铺的椅子上,低着头沉默不语,显得挺寂寞的样子。于是,女招待就逐渐跟她搭话了。

因此,她在品川蒲田间、旧东海道线海岸一带,并不招女招待们的嫌弃。首先,她是这一带唯一的舞女。她将带有樱花图案的手巾整齐地折叠好,缠在脖颈上,多少显得带点乡土气,而后用右手抓住手巾的一头,轻轻一抛,就起舞了。她同短发的小姐住在一起,这是太不可思议的事,纵使后来才知道那小姐是个交际舞女也罢。

但是,个子小的少女并不是个出色的舞伴。只是她给人少女式的印象,因而走红。可一些舞艺高超的男子超越技巧跳起杂技式的狂舞时,她也能和着节奏奉陪到底。对,就像小学生做游戏那样,欢闹地跳。眼珠子闪闪发光,越发粗野了。

三

在大森,人们看不见这个舞女的姿影了。

我去伊豆旅行,那里的温泉有个我喜欢的盲人按摩师。不,应该说,他是到这个温泉来给人按摩的。他住在距此地约莫七公里远的北边热闹的温泉场,家中有五六个徒弟。他走起路来比眼不盲的人还快,这是他最感到得意的。

"一听见眼不盲的人的脚步声,他就飞也似的走,非要超过人家不可。他这个人就是这种脾气,有时掉进河里,有时撞在树上,新伤不断呀。"旅馆女佣的话把我逗乐了,随后我就喜欢上他。

在浴池里看到一般的盲人按摩师,总觉得他们很肮脏,可是他那胖墩墩的裸体,白皙得很美,洋溢着精神百倍的力量。

他携带着一管洞箫,每月月初便从北边的温泉场来到这家旅馆,邀请这个村庄的四五个按摩师聚集在一起,吹洞箫,而后唱义太夫、三弦曲,这样阔阔气气地玩上两三天。客人净是些盲人。

今天也有市丸宴会——这家旅馆的人把他这种奇妙的游乐叫作"市丸君的宴会"。六个盲人就在隔着庭树,与我所住的厢房相对的一个房间里,合奏着洞箫。

《千鸟曲》曲终,只见一个人嗖地挥动洞箫,唾沫星子似乎溅在前面的盲人身上。

"喂,你没看见有人在场吗?"

挨说的盲人握紧拳头,装着要打对方的样子。

出乎意料地传来一个女子的声音:

"金丸攥紧拳头装着要打杉丸呢。"

盲人们围圈而坐。穿着浴衣、系着紫色皮带的少女，跪坐在他们圈子的边上。

杉丸伸了伸舌头。

"杉丸在伸舌头哟。"

贴邻的按摩师冲着她露牙笑了笑。

"哟，还是砂丸好。"

"好啦。"市丸环视了一圈大伙儿，虽说他什么也看不见。

"喂，大伙儿做个动作，猜猜吧。町子当裁判。町子到中间来。"

"好，可以。"

市丸端坐着合上了双掌。其他五个盲人挺得意似的，歪了歪脑袋，落入沉思。

"呀，讨厌，合十祈愿啊！"

"祈愿什么呀？"

"这……即使不盲的人也不晓得嘛。"

"看着。"杉丸说着将食指捅进鼻孔里。五人都不知道。砂丸装出拔刀的样子。

"哟，都这样做可不行呀。杉丸用手指捅鼻孔，砂丸拔刀……"

金丸歪了歪嘴，少女注意到了，说：

"金丸歪嘴啦。"

市丸立即将双手放在额头上佯装长角的样子，金丸又把鼻垢弹掉。

"市丸变成鬼……"她说话的时候,六个盲人一起用手比画着做些奇妙的动作,脸上还带着表情。

"金丸弹掉鼻垢,桥丸是医务人员,千丸装哭……不行,不行,我看不明白了。金丸拽着耳朵,杉丸抓嘴唇,市丸吊脖子,砂丸、桥丸……啊!忙不过来了。"

"啊!忙不过来了。"

市丸让那壮实的大腿跳动起来,来了一个后滚翻。

"市丸后滚翻……"

于是,其余的盲人都一起抬腿乱跳,翻滚起来。少女终于捧着肚子缩成一团,趴了下来。

恰巧这个时候,公共马车来了,传来了三弦琴的声音。

"哎呀,姐姐!"交际舞女美莉身穿浴衣,下摆处露出衬裙,从走廊上跑了过去。

四

我知道美莉往常跳舞的舞场,由于舞女品行不端,被勒令停业,她的舞女执照也被吊销了。此后不久,这两个舞女的踪影就从大森消失了。

"那个短发姑娘是谁?"

"是市丸先生带来的,也许是老板娘,也许是打算纳她做妾吧。"旅馆的女佣说。

"她住在市丸家吗?"

"好像是吧。"

"那个流浪艺人呢?"

"那个姑娘是这一带的按摩师的女儿,她被流浪艺人领养,十二三岁以前一直辗转在伊豆流浪,但最近不知又从哪里回来……"

"她也是住在市丸家吗?"

"这个嘛……她始终就是那样流浪吧。"

良久,酩酊大醉的盲人们在市丸的房间里,和着三弦琴声跳起舞来。

在这些盲人像章鱼舞爪般的舞圈中,町子的美莉卷上浴衣下摆,露出了水兵服短裙,非常优美地跳着查尔斯顿舞。

我笑着笑着,泪水夺眶而出。

显微镜奇谈

"这个嘛,嗨,总之……"伏见说着,有点困窘似的苦笑了。在农村中学的东京同窗会上,大家谈笑风生,议论起幽灵的故事来。这样一来,大家当然会征询席上唯一的医学生伏见的意见。但是,他觉得关于有没有幽灵的问题,即使从医学的角度来陈述意见,恐怕也不可能使大家从醉酒中清醒过来。

"总之,医生这种人就算是成了幽灵,成了疯子,都会做出许多讨厌的事吧。其实,我也认识一个怪人,那是在大学里比我高三四届的一个男同学。"

这个名叫千早的男子,本想把基础医学作为一生的事业,可是走这条路十几二十年后,即使当上大学教授,也很难养活他众多的家属。他不得已,一边当妇产科助手,一边在解剖学研究室里从事胚胎学的研究。但是从根本上说,他的热心劲头比起那些专为写学位论文而搞基础医学的助手来,是不尽相同的。

"千早诊察时的奇怪态度——拣最厉害的说吧,比如,某政治家那时候受到内阁的推荐,刚当上敕选议员,他的女儿常来妇产科,她是全医院公认的美人。可是,他诊察这位小姐的时候,慌忙得连手也没有洗,就跑到走廊对面的研究室去了。可不是嘛,刚以为他在干什么……"

伏见涨红着脸,据他说,原来千早医学士将自己右手的手指往显微镜的底板上擦。

"大概这样做还嫌不够吧,他还捅到指甲间——因为指甲剪得很短,马上渗出血来,底板上也沾了一点血。从显微镜里一瞧,千早脸色刷白了。他失望地把头伏在桌面上。"

那些助手带点挖苦的味道,彼此议论说,这大概也同胚胎学有关系吧,没怎么理会他。可是才过一个月,在某种意义上,"千早的胚胎学"这句话,在医院里竟成了流行语。为什么呢?因为千早终于让那位标致的小姐成了自己的恋人。不知不觉间,那些助手不是以医师同患者的关系,而是把她当作友人的未婚妻,同这位小姐交谈了。但是,千早一个劲地害怕热心的眼光,尽量避免任何人同她亲切交谈。

"使用显微镜式的侦探术,遭人妒忌可受不了啊!"远处的人挖苦说。

"可不能笑呀。显微镜实际上是科学侦探术的好工具。比如,里昂警察实验所所长埃德蒙·洛迦尔博士,在显微镜下将一个男子的耳垢扩大五万倍以上来观察,发现飞溅上了印刷用油墨的星点和石板印刷使用的石粉末,以及某种药品的结晶体。就是说,伪造纸币的证据清清楚楚地显现出来了。如果诸位的夫人也能像洛迦尔博士那样使用显微镜的话,那么只和女子握握手,回到家里就会立即被发现哟。

"再说,新贵族院议员的千金,不一定具备品行端正的条件。新毕业生不知道千早那双可怕的眼睛,于是有一回科室对科室比赛时……

"比如,在内科与妇产科的助手室之间进行棒球比赛。"

有个叫大竹的助手,他是科室对赛中的红人,与这位小姐都是性格开朗的人,很快就无所顾忌地亲密起来,双双去神宫球场观看联赛了。第二天早晨,他经过走廊的时候,千早把他叫住说:

"大竹,这四五天你没有做过诊察吧。"

"是啊。"

"今天也没有诊察过患者吧。"

"现在刚上班。"

"十点以前,要做山田教授组织的教材,你能不能帮一下忙呢?"

大竹按他所说,一走进研究室,他就用尖锐的目光盯着大竹的手,说:

"你的指甲有点长,在制作标本之前先剪剪指甲吧。"

于是,在大竹去旁边标本室的工夫,千早把大竹的指甲屑捡起来,将指甲垢蹭到底板上,放在显微镜下观察。大竹回来时,他忽然一把抓住大竹的肩膀,说:

"你昨晚同女子在一起呀。"

"你干吗?真愚蠢!"大竹说着,旋即跑出了研究室。

"千早那副兔魂般的面孔，不禁令人毛骨悚然。大竹不应该跑出来，后来大竹自己也这么说了。这天，这位小姐也来治疗了……"

傍晚，勤杂人员忽然打开了解剖学研究室的门，只见千早的右手从手指到掌心的皮肤都剥开了，血滴落下来……这只血肉模糊的手握住小型手术刀，扎入左手的指甲间。勤杂人员默默地逃了出来。

"于是，当我们大伙跑来的时候，千早已将左手的指甲盖整个掀掉，正在切削手指上的肉。血淋淋的白骨可见的右手里握着手术刀……而且小姐就躺倒在他面前。她的脖子上有无数道千早用指甲抓过的伤痕……还有一点，连我们这些医生也感到可怕，就是他旁边有架显微镜。显然千早已把自己的指甲垢涂在底板上了……小姐脖子上的肉被切成碎片，带着血，这些血肉虽然脱离了她的躯体，但在显微镜下却看得见它还活着，还在抽动哪……此外还看见小姐平日爱用的白粉……"

千早试图亲手销毁这些显微镜下的证据，才主动切削自己的手指的。直至他发疯，还顾着显微镜下的证据，这是平日摆弄显微镜的男子的哀伤。他把那么大的证据——躺倒在那里的小姐的躯体忘得一干二净……

"哎，简直是……被害者的血渗入犯人的汗腺细胞，据说怎么洗也洗不干净。"伏见说着环视了一圈在场的同学。

"所以我也模仿诸位，说说解剖学的教室里用剥掉皮露出血肉的手，切削血淋淋的手指的幽灵就要出来了……是年轻的大竹和小姐吗？什么，那个嘛，大竹头天晚上肯定同女人过夜了，不过，好像是另一个女人，是大竹自己的恋人呀。"

望远镜与电话

一

坡布雷先生的两条假腿,对这个故事来说是最方便不过的条件了,对我们这些弟子来说,也是再合适不过的了。

首先,我们不论在心情多么浮躁的时间里去拜访,先生总是在家。再说先生不能外出,我们每次造访,他没有不高兴的。

"先生为了抚慰那双不能行走的腿的寂寞,才开始教授法语的。"

这是谁都在思考的问题,而且,又是主要的传闻。

"美丽的人带有法国化妆品的香味……而且,视法语为浪漫的日本,我不离去。"先生经常像歌唱一般地说。

视法语为浪漫的日本——这也是弟子们的歌。尤其对身为贫苦学生的我来说,更是美丽的歌。

据说没有失去双腿时,坡布雷先生是法国大使馆的年轻书记官。由于这个关系,他的弟子中有许多漂亮的夫人和小姐。

她们总围绕在先生的周围,让四周微微地飘忽着一股大使馆舞蹈会似的,或是圣诞节式的,或是横滨码头般的空气。再加上,先生只要一空闲下来(甚至令人这么想),每每唱起一节日本歌:

系着锦缎的腰带

　　新娘阿寮为何哭

　　用法国圆润的歌喉唱，这首歌就失去了那种古典式的哀愁，奇怪地带有一种新鲜而明朗的异国情趣。

　　我一边聆听这首歌，一边这样想：的确，残疾人的这种不幸——他若在外国，也许反而显得娇柔可爱。

　　但是有一天，Ｂ子（她是个十五岁的女学生）对我说：

　　"人们议论说，一定是日本姑娘那多愁善感的眼泪，把坡布雷先生留在日本的。听说先生受伤的时候，有人大声哭了起来。大概就是在这种氛围下，先生终于忘却思前顾后，发誓留下来的。"

二

　　先生顺着响声回过头来，看见原来是鸽子在晾台上走动。落魄的德国音乐家从晒干了的对襟毛衣旁边，把鸽子轰走，它们飞向市镇的上空。市镇的远方已经垂下午后的雾霭，如果没有轮船通过，笼上霞色的海会被人误认为是远方的山脉。饭店喂了六只鸽子，它们在把广衮大地上七月的热气吸收进去、熏成灰色的市镇上空飞翔。

坡布雷先生按日本式端坐在皮椅子上,因为他卸下两条假腿,就只能吧嗒一声端坐下来,那姿势活像一尊陈列品。他对我说:

"请把我的椅子推到靠近窗边,好吗?"

窗边——也成为这个房间的标志,放着一台望远镜。这台望远镜是先生失去双腿以后迁到山丘上的旅馆时,朋友赠的十分别致的慰问品。先生很爱这具器械,甚至不让弟子们去触摸它。弟子们窥视望远镜,在先生眼里就仿佛进入心灵深处,很不礼貌。神圣地看待这台望远镜,是这房子的一种礼仪。

然而,今天先生问我:

"你用过望远镜观察人生吗?"

"观察人生?……我只用看戏用的小望远镜欣赏过艺伎姑娘表演的舞蹈。在新桥演舞场观看樱花节的舞蹈。"

讲法语使我神气起来。

"你发现了另一种人生?"

"艺伎姑娘的躯体猝然跳入我的眼帘,仿佛蒙住了一双眼睛,使我大吃一惊。她们比真人放大一倍半的躯体,以波浪般的压力冲着我的脸逼将过来。"

"是吗……那么Ｓ子看见什么啦?"

"我?我从高塔上俯瞰大都会。"

"有什么感想呢?"

"是幼年的记忆呀……鸟,鸟在天空翱翔。我心想,鸟为什么不飞得更快些呢?"

"那鸟是鸽子吗?"

"是的。是鸽子。刚才忘了法语'鸽子'怎么说,就说鸟了。窥视双筒望远镜,仿佛还能听见鸽子振翅的声音。"

"是吗?"先生调试望远镜的焦距,忽然把尖鼻子对准我,说,"现在你瞧瞧这个。"

"啊!"我从望远镜前移开脸,因为有一对正在接吻的男女冲着我的脸逼将过来。我再窥视的时候,他们还在接吻。

女子似乎没有施白粉,白皙的额头与微微露出一点血色的脸颊,甚至令人感到很不相称,显然刚刚病愈的样子。女子的肩膀随着男子嘴唇的移动而摇晃,头发散乱地披在肩头上。她就这样睁开眼睛,仰望着男子的脸。她生病之后,似乎今天才初次洗了头,用长把细齿梳随便地绕成束,大概是梳子脱落了吧。

S子看见我脸色苍白,像探询别人的秘密似的说:

"我也可以看看吗?"

"不行。"我说着叉开双腿,站在望远镜跟前。方才如果 S 子不在场的话,我想对先生这样说:

"情欲——以波浪般的压力冲着我的脸逼将过来。"

先生挂着一副极其认真的面孔，微笑着说：

"一切带有神的名字的东西，不过是拥有一双与人眼略有不同的眼睛罢了。"

"艺术的天才也……"

"总之，也像今天一样，Y和S子明儿三点钟来。我编一出戏曲，让你们两人变成神。"

三

第二天，S子穿一身浅蓝色绉绸衣裳，比我早五分钟来了。她散发出一股与平常不同的香水味儿。大海上空一片积雨云，鲜明地呈现漫天的灰白。储气罐闪闪发光。但是，眺望到的市镇上雪白的，只是新建澡堂的烟囱和大医院的墙壁。

坡布雷先生把桌上的电话挪到望远镜旁边，对S子说：

"拨一下五十七号，K医院，叫三号室的患者，就说是她家打来的电话。"

我也从先生身旁窥视了一下望远镜——就是说在离我眼睛一尺远的前方，昨日那对男女，今天还在接吻。护士登上了医院的屋顶花园，在女子面前略欠了欠身，就把两人带走了。

S子吓了一跳，把听筒从耳边挪开，用口语说："她来了。"

"那么Y，你把我的话给她翻译过去，把她的话给我翻译过来吧。"先生说。于是我把听筒接了过来。

"喂，喂，谁，你是谁？"传来了女人的声音。

"她问是谁，是丈夫吗？"

"是你丈夫……你刚才在屋顶花园和院长的儿子接吻了。"

"是我，你刚才在屋顶花园上和院长的儿子接吻了，不是吗？"

没有回答。

"前天初次接吻，昨天和今天都在下午三点，在同一张长凳旁站着接吻了。"

"前天初次接吻……"

"你，真的是你吗？别吓唬我了，你现在在公司还是在家里？不是你的声音。你现在在哪里？"

"她试图否认事实，似乎不相信是丈夫的声音。"

"我要让她信……今早我去医院探病后回家了。我把拐杖落在病房里了。"

"看见妻子品行不端，你认为做丈夫的能发出通常的声音吗？今早我把拐杖落在你的病房里了。"

"哟，拐杖……为了取拐杖你又折回病房来了？你现在在哪里呀？"

（以下用法语说的话从略。）

"即使没有折回病房,也能看见你的行为。丈夫……你开始忘却妻子是丈夫的,你也许无视丈夫的目光,岂有此理。今早我刚一回家,你就在病床上坐了起来,剪指甲,吃橙子,穿上袜子瞧了瞧脚,抹上口红,长时间地照镜子……"

"连这些……"

"我的眼睛是神眼啊。"

"不,不对。不对,你自己从来不自称'我'。"

"那个男人,和之前住在你现在的病房里的一位小姐,也在那个苇棚下的长凳子上接吻了,后来跟年轻的护士也……那女人怪可怜的,好像是被院方辞掉了。这些我都看在眼里了。而你还去靠近那个男人接吻用的长凳子,真蠢啊!"

"啊!你,请宽恕……"传来了女人的喊叫声,电话戛然切断了。先生把望远镜筒稍稍移到我的面前,我从望远镜里窥见那个女子像被恶魔追赶似的,脸色刷白,跑出了医院的正门,慌慌张张地四下张望,扑通一声倒了下来。

"第一幕成功……她就这样成了世界第一的贞淑夫人。"先生说着,冷冷地笑了笑。

四

坡布雷先生的望远镜可以观察到那家医院的入口处、药房、医务室、厨房、北侧的病房，以及屋顶花园，就像望见邻居的情况一样。而这一切，附近的人家是绝对看不见的。同时，从远处的山丘上，能望见那里的人，而这些人是不可能知道的。

"我与用健全的双腿走路的人相比，反而能看到许多赤裸裸的人生世相……我有两种人生：分别伴随我引人注目的法语弟子们和医院的人们。弟子们至今还把我当作外交官看待，因此我比在医院的人生获得更多的喜悦和哭泣。那里的善与恶……然而在望远镜的扩大之下，就像神一般知晓，像神一般寂寞。借助你们，我能做出神的审判。让我们再看看第二幕吧。"

但是，第二幕不是悲剧。医务室里总有个观察显微镜的医师。

"显微镜同望远镜相比，无疑又是另一种神眼。再说又是对残疾人的爱……"先生刚说到这儿，脸颊上便飞起一片红潮。

由于用药的关系，他从右耳到脸颊有一片烫伤。一个护士爱上了他。但是丑陋的他，由于丑陋而没有察觉到这一点。

先生让Ｓ子模仿那位护士的声音给医师打电话。可是Ｓ子只说了"喂，喂，我，我是医院头号新护士"，话儿就哽在喉咙里说不出来了。

"第二幕延缓到明天。"

于是,我同S子在饭店的客厅里喝茶。折回房间时,先生严肃地对她说:

"S子……我请你打个电话,就说我答应和大学生结婚了。"

S子吓了一跳,脸颊顿时绯红,可先生却非常认真。

"喂,我有个请求。事情是这样的,我答应和一位大学生结婚……"

但是,这当儿她忽然往后退,就像按住自己的嘴那样,使劲地压住电话筒。

"哟,是妈妈。"

原来是S子的母亲。电话不是接到医院,而是接到了S子的家里。先生眯缝着眼睛边笑边说:

"明天扮演情人的角色,我让S子当情人了。"

我们不久就离开了饭店。庭院里的樟树在夕阳映照下像燃烧着似的。身后传来了坡布雷先生爽朗的歌声:

系着锦缎的腰带

新娘阿寮为何哭

"真糟糕……我没法回家了。"

"我们向海岸那边走吧。"

汽车以迅猛的气势从宽阔的马路上向着我们奔驰过来。车厢里坐着屋顶花园的那个女子，她十分疲惫地依偎在那个和她接吻的男人怀里。这是先生的失败。凭刚才的那个电话，她觉得丈夫知道她的事了，这是两个破罐破摔的人。然而，那个坐着往前蹭的法国人的望远镜，是不是还在盯着这辆车子和我们呢？我不禁毛骨悚然，把身子靠近S子。来自飞驰而过的汽车上的人的那股子热情，传到了我的身上。先生的望远镜和电话是成功了，我们这对新情侣回首凝望着先生所住的山丘上的饭店，只见三只鸽子悠然自在地飞翔。

厕中成佛

这是很久很久以前岚山的一个春天……

京都大户人家的太太、小姐，花街柳巷的艺伎、妓女，她们身着华丽的服装，来到这山野观赏樱花。

"对不起，借用一下洗手间好吗？"

京都的女游客在肮脏的农家门口，羞红着脸，微微欠欠身子说了一句，绕到屋后，上了一间又旧又脏的小茅厕……春风摇曳着草帘，她的肌肤不由得痉挛起来。传来了孩子们哇哇的喧嚣声。

看见京都仕女的这副窘态，贫苦农民便动脑筋，修盖了一间干净的厕所，挂上一块告示牌，上面写着几个黑油油的字：

租用厕所
一次三文

赏花季节，游客拥挤，出租厕所非常成功，转眼间出租者发了大财。

村里有个人忌妒八兵卫，对妻子说：

"近来八兵卫出租厕所，转眼间就赚了一笔钱。今年春上，俺们也盖一间出租，要赚得比八兵卫还多，怎么样？"

"这个主意不好。即使俺们的出租厕所盖好啰,可八兵卫是老字号,人家有老主顾。俺们是新字号,游客不光顾,岂不是鸡飞蛋打,穷上加穷吗……"

"胡扯什么呀。这回,俺所设想的厕所,不像八兵卫的那样肮脏。听说近来京城时兴茶道,俺打算盖个茶室式的厕所。首先,四根柱子用吉野圆木不够气派,要用北山的杉木,天花板用香蒲草,钉上水蛭形钉子,悬挂上吊锅的锁链替代使劲时用的绳索。这主意不错吧。窗户开落地窗,踏板用榉树的如轮木,便池前挡用萨摩杉。便池四周涂黑漆,墙壁涂两遍油漆,门户用白竹夹扁柏制成的长薄板,房顶用杉树皮葺成,再用青竹子压住,系上蕨草绳,修成大和式的。放鞋的石板用鞍马石做,旁边围上用青竹混编的方眼篱笆,洗手盆用桥桩式的,装饰用的松木也配以多姿的赤松。不论哪个流派,诸如千家、远州、有乐、逸见的精华,都兼收并蓄……"

妻子听呆了。

"那么,租费多少呢?"

经过一番艰苦的筹划,总算赶在赏樱时节之前把漂亮的厕所修建好了,连告示牌也是拜托和尚制作的,是中国式的,非常庄雅。

  租用厕所

  一次八文

就算是京都仕女，也觉得过分奢侈，钦佩之余，望而却步。"你瞧见了吗？"妻子敲着榻榻米说，"我早就叫你别盖，搭了这么多本钱，结局可怎么得了啊！"

"不要唠叨嘛。明儿只要到客人那儿去转一圈，保证光顾的人会像蚂蚁成群而来。我明儿要早起，给我准备好盒饭。只要转上一圈，保你一定门庭若市。"

丈夫非常沉着。可是第二天，他比平时都贪睡早觉，上午十点才醒过来，一把将后衣襟掖在腰带里，把饭盒挂在脖颈上，带着几分哀伤的神情，回头冲着妻子带笑地说：

"孩子他娘，俺这辈子所作所为，你总是横挑鼻子竖挑眼的，说我傻瓜，说我做梦、做梦的。今天要让你瞧瞧，俺只要到客人中转上一圈，保你顾客车马盈门呀。粪缸满了，你就挂上个'暂停使用'的牌子，拜托邻居次郎兵卫挑走一担两担的。"

妻子纳闷。丈夫说到客人那里转转，是不是到京城去游说，吆喝"出租厕所、出租厕所"呢？她一筹莫展的当儿，一个姑娘往钱箱里投放了八文钱，租用了厕所。而后进进出出，租用的客人源源不断。妻子十分惊异，瞪大眼珠子看守着。不久，挂上"暂停使用"的牌子，忙着要把粪便挑走……终于到了傍晚时分，厕所租金达八贯之多，粪便挑走了五担。

"莫非俺家老头子是文殊菩萨的转世？真的，他所说的梦一般的事,有生以来头一次变成了现实。"

喜形于色的妻子买来了酒等待着丈夫,不料哀伤的是,抬回来的竟是他的尸体。

"他长时间蹲在八兵卫家的厕所里,可能是疝气发作而死的。"

丈夫走出家门以后,立即缴付三文,走进了八兵卫家的厕所,从里面上了锁。有人想推门进去,他就"喀、喀"地佯装咳嗽,连声音都咳嗽哑了。春天白日长,他蹲得连腰都直不起来了。

京都人听了这个故事,议论纷纷:

"真是风流人物的沦落啊!"

"他是天下第一的茶道师啊!"

"这是日本有史以来最奇异的自杀啊!"

"厕中成佛,南无阿弥陀佛。"

众人异口同声地称赞不绝。

鸡与舞女

舞女为什么要在腋下挟着鸡走路呢——已是半夜,舞女当然非常厌烦。

舞女并不饲养鸡。是她的母亲饲养的。

她要是成为走红的舞女,或许她的母亲也不用养鸡了。

"要在屋顶上光着做体操啊?"母亲吓了一大跳。

"不是一两个人,而是四五十人排成行,像女子学校的学生那样做体操。我说光着,只是光着脚丫。"

在水泥屋顶上,洋溢着一派明媚的春光。舞女们伸展着自己的手足,恍如鲜嫩的春笋。

"就是小学生,如今也已经不在泥土地上做体操了。"

母亲到后台门口来接她。

"深夜公鸡打鸣儿。我琢磨着你会不会发生什么坏事。"

母亲在外面一直等到舞台排练结束。

"从明天起,要在观众面前光着跳舞呢。"

本无心说,无意中又说了出来。

"有个奇怪的家伙。在妈妈等候我的地方的旁边,是后台浴室。据说,有个汉子在那里呆呆地站了一个钟头,张望着浴室。其实那是镶嵌着毛玻璃的高窗,连人影也没有映现出来,顶多只能看见水蒸气珠子在玻璃窗上流淌。"

"你瞧瞧不是,难怪公鸡半夜打鸣儿。"

这里的习俗,凡半夜打鸣儿的公鸡,都要扔到浅草的观音庙里。说是这样可以消灾避邪。

同观音庙的鸽子一起栖息的公鸡,都是它们主人的忠实预言家。

次日晚上,舞女回了一趟家,顺路从本所走过言问桥,来到了浅草。她腋下挟着用包袱皮包裹着的鸡。

在观音菩萨前,她解开包袱,鸡就跳到地面上,慌里慌张地振翅飞跑,不知去向了。

"鸡,真是笨蛋啊。"

她心想,它吓得躺在那边的阴暗角落里,怪可怜的。于是,她去寻觅,也没有找着。

舞女想起人家曾经嘱咐过,要在这里做祷告。

"观音菩萨从前跳过舞吗?"

于是,她抽冷子低头施了个礼,然后抬头望了望,不禁愕然。

银杏树高高的枝头上栖息着四五只鸡,都正在睡觉。

"鸡，怎么样了呢？"

舞女前往简陋戏棚的途中，在观音庙前停住了脚步。

昨夜的鸡，不知从哪儿走了过来。

她满脸通红，逃了出来。鸡也跑来了。

公园里的人望着被鸡追赶的舞女，一个个目瞪口呆。

在拥挤的人群中，鸡一天天地恢复了野生的本性。

鸡群会飞了。它们的羽毛上沾满了灰尘，变成灰白，却像浅草的流浪少年，敏锐而又逍遥自在。它们和鸽子一起，时而啄食豆子，时而飞到香资箱上逞逞威风。

但是，舞女不想再从观音庙前通过了。

即使通过，鸡也已经把她忘却了。

舞女的家中又孵出了二十只雏鸡。

雏鸡就是在夜半啼鸣，大概也不会不吉利吧。

"就说人吧，孩子半夜哭闹，是天生自然的嘛。"

"是的，大人要是半夜哭闹，就是怪事了。"

舞女说了这样一些无谓的话。尽管如此，多少可以咀嚼出一点意思来。

她经常与中学生同行。名不见经传的舞女也有与中学生同行的。

刚回到家里,她就听见:

"怎么搞的,鸡又半夜打鸣儿啦!你到观音庙去拜拜吧!"

舞女不由得打了个寒战,笑了。

"孵出了二十只雏鸡,就是说与二十个男人交往也可以啰。这样一来,我这辈子也足够了。"

舞女的想法错了。鸡的预言指的并不是中学生。

一个奇怪的男人来纠缠舞女。舞女腋下挟着包裹着鸡的包袱皮。

与其说她害怕,莫如说她觉得拎着鸡难为情。于是,胆怯的她想到:对了,不妨大声喊喊试试。

手里拎着鸡的舞女,的确是值得怀疑的。

无疑,男人以为这是个好机会。

"小姐,咱们合伙做个绝妙的捞钱伙伴好吗?我呀,每天都去翻翻你跳舞的那间简陋戏棚的垃圾箱。我这样说,不是说去捡破烂,而是在废纸堆中发现了许多寄给舞女们的情书。"

"啊?"

"明白了吧?可以拿它作把柄,从那些笨男人那里赚一笔钱。这种事嘛,倘使能同后台一个女子合伙干,就更好了。"

舞女想要逃走。男人把她抓住。

她不由得要用右手———是用鸡推开男人的脸。

鸡连同包袱皮压在男人的脸上,吧嗒吧嗒地振起翅来——怎么受得了啊。

男人连忙躲闪开。他不知道那是鸡。

翌日早晨,舞女从观音庙前经过,只见昨晚的鸡依然在那里,还朝她跟前走过来,不是吗?

她扑哧笑了。这回她没有慌张跑开,是悄悄地离去的。

一步入后台,她就听见:

"诸位,让我们都来爱惜信件,不要把它扔在纸篓里。为了维护公共道德,让我们把这样的告示传到公园所有的戏棚后台去吧。"

诚然,这样一来,或许不久的将来,她也会成为知名的舞女。

化妆的天使们

色彩

那里和少年的梦是不同的色彩。

我望着那色彩,从家里逃了出来。

失魂落魄地走着,直到冰冷的针捕捉住我的脚。

原来是大南瓜叶上的夜露。

展望广袤的稻村,只有一点亮光。

这点亮光,是少女在青竹长凳上放的焰火。

我偷走了脚边的大南瓜,权作礼物送到长凳上。

少女在青竹上麻利地把南瓜切开。

南瓜瓤的橙色多美啊!

历遍世界的人啊,哪个国家会有那种橙色的姑娘?

纵令迄今我爱着少女们,色彩之神也会宽恕我的吧。

风景

我生长在山野的村庄,却把山庄和原野忘却了。

在山涧溪畔,我找到了少女。

我只想与少女两人合影。

每天我独自沿山涧上行下走,是为了寻找成为相片美丽背景的岩石、溪流和树丛。

这样,我才学会了观察风景的美。

药

那孩子被人卖掉了。

你再早点来就好了。

她很珍惜你送给她的药。

她确实把药带走了。

她是个健康的孩子,从不伤风感冒,大概一生也不需要那种药。

相逢之时,我和她都感冒了。

少女大概相信这些药是感冒药吧。

雨伞

她是产雨伞的镇上一家雨伞铺的姑娘。

阵雨来了。

伞铺的人把晾晒在院子里的许多雨伞收了进来——我们听见了新油纸的沙沙声。

雨过天晴,走出了家门,姑娘说,我忘记带雨伞了。

阵雨又来了。

雨过天晴,走出了旅馆,我说:

我忘记带雨伞了。

姑娘沉默不语,却把我的雨伞递给了我。

我们犹如一对老夫老妻,将两把雨伞同时撑开了。

不知什么时候,姑娘竟成为我的了。

在旅馆里,为了让十分满意的情感安稳一下,我连触摸姑娘的指头也都忘却了。

当天晚上,姑娘到了男方的家里。

我没撑伞就去寻找这个家,雨水透过冬装直渗入我的肌肤。

姑娘出嫁之前,必须把她弄回来。

我探身去看看新盖房子的名牌,积在帽檐上的雨水泻了下来,响起像是瀑布的声音。

厕所里的灯亮了。

从厕所的窗口"啪"的一声扔出一把雨伞来。

是一把又旧又破的雨伞。

白发

不到二十岁，却长了一头白发。

而且是易断的白发。

用牙咬住，把发根拔掉。

我还记得，母亲就是这样给我捉虱子的。

于是，女子入睡了。

就是拔到天明，依然还是白发。

一去刷牙，我满嘴都是女子的发香。

花

透过驶来此地的火车车窗，看见遍地盛开着石蒜花。

哟，你不认识石蒜花吗？就是那儿的那种花呀。

叶子枯萎过后，花茎就要长出来。

请告诉将要别离的男人一个花名，花儿每年一定绽开。

恩人

赤脚漫步在海岸边上，钱包竟从浴衣怀兜里掉落了。

薄暮时分风平浪静，懒洋洋的海涛在舔着沙滩。

我在廊道上晾晒脱浆零散了的钱包。

女子从中发现了金线织花的锦缎袋子。

原来是天满宫智慧神的护身符。

护身符内藏有一小张照片。

是个农村风采的少女，她腰系半幅缎子腰带，眼镜腿插在发间。

这可爱的姑娘是谁呢？

是我的恩人。

"啊，恩人？"这时女子才认真地凝视着照片。

我陷进池子，险些溺死的时候，是这姑娘救了我。

但是，我却把相片连同坏了的钱包，落在避暑地的别墅走廊上。

女子每次看到别的女人就会联想起来。

那人很像你的恩人。

其实,一点儿也不相像。

她总是这样说:那是一个美丽的姑娘。

她救了人,很像个美人儿——在我们愉快的谎言中,我的恩人被美化了。近来风传她在某地生下一个孩子。

睡脸

入睡,就倏然衰老的女子。

入睡,就倏然焕发青春的女子。

究竟谁令人悲伤,很难断言。

我不认识睡相优美的良家妇女。

想请教已娶歌伎为妻的男人。

就是当了妻子还是不行。

行为举止很不好啊!

下摆

她一边说"醉、醉,冷、冷",一边打盹儿。

她的脚是冰冷的。

衣服下摆紧裹着脚脖子。

翌晨,她脸上发烧,好像刚洗过温泉澡似的。

她不停地揩着红脸,一大早两人就吃了火锅。

醒来,我就想起不见踪影的女人们来了。

蚊 帐

清晨,我寻访了她。

绷直的白蚊帐里是空荡荡的。

旅馆的人说,她带着随身的东西到男人那里去了。

她蹲在男人家的后门,在洗涮男人的东西。

一看见我,她就默默地走进屋里,马上开始更衣。

她出来时,说了声:"久等啦。"

她的房间里依然挂着白蚊帐。

他们解开蚊帐的吊绳,两人钻进了里首。

是新麻触及肌肤的感觉。

"咱们躲藏到日光的湖水里吧。"

我一边向书店的主人借钱,一边惦挂着膝上留下的女子的香味儿。

我买来了女子的衣服和化妆盒。

她在白麻上昏昏入梦了。

一觉醒来，没有留下去日光的车钱。

她没去旅行，我给睡眠中的她修剪了脚指甲。

被拴住的丈夫

归根结底,丈夫无疑是被妻子拴住了。

但是,如所说的那样,丈夫必须被妻子用细绳或别的什么东西拴住手脚,这种情况在人世间是时有发生的。譬如妻子生病,身体动弹不了,丈夫得看护她。要是高声把睡着的丈夫喊醒,病人就会感到疲劳。再说,有的病人躺在床上,远离丈夫的卧铺,半夜里妻子要怎么叫醒丈夫呢?最好还是用一根绳子,两头分别拴住夫妻俩的胳膊,妻子叫丈夫,只需拉一拉绳子就行了。

害病的妻子是容易感到寂寞的。一会儿说风把树叶刮落了、做噩梦了,一会儿又说耗子闹得慌了。就是说,总要找点借口把丈夫叫醒说说话。她不能成眠,也不愿意看到丈夫在一旁熟睡。

她甚至想出这样的游戏,说:"近来已经发展到拽绳子也很难把你叫醒了,我希望在绳子上拴上银铃。"于是,秋天的半夜,长期患病的妻子,丁零地拉响了铃声,把丈夫唤醒了。那铃声是多么悲伤的音乐呀。

话说兰子,她也用绳子拴住丈夫的脚。不过,这同病妻的铃奏出悲伤的音乐不同,而且恰好相反,是响起欢乐音乐的女人。她是个演滑稽歌舞剧的舞女。进入深秋,兰子从舞台的后台走到前台的途中,化过妆的裸体虽然冻得起了鸡皮疙瘩，但是跳起爵士舞，白粉很快就会沾上汗水。如果望望她那双轻盈的像活物般跳着舞的脚，谁还会想象到它是被一个丈夫拴着的呢。实际上，更确切地说，不是丈夫拴住她的脚，而是她拴着丈夫的脚。

戏棚散场后，在后台洗澡时已是十点钟。洗过澡后，身上那股热气还没有消去就能回到公寓里来，这样的日子十天里只有四天。另外六天要排练到凌晨两点，有时到三点，甚至到天亮。虽说是住在浅草公园附近的公寓，那里住着许多艺人，但一点钟以前就把大门关上了。

"把绳子从三楼的窗口吊下来呀。"兰子在后台无意间说走了嘴，"我把这根绳子绑在他的脚上。从下面一拉，他马上就会醒过来。"

"哟，这么说，那是真的绳子吗？"（缠住女人不放的男人称为绳子。）

"兰子，你脱口说出了一件了不得的事呀。太危险了。比如说吧，我去拽那根绳子，反正他是在睡懒觉，他以为是兰子拽的，就把门打开。再不留神，人家跑上三楼房间里来，说不定他还没察觉到是别人呢。我马上就试试看，这真是一件趣闻啊。"

整个后台的人都在开兰子的玩笑，这还算好的。可是，那根绳子的秘密竟传到了不良少年的耳朵里，他们不知从哪里把招待券弄到手，一伙少年坐在二楼的席位上，像行家里手那样，呼唤着舞台上的舞女的名字。这伙少年就是准备去拽兰子的绳子的。

"今天晚上,那伙孩子也许要去拽那根绳子,所以……"这电话是从后台打来的,丈夫用困顿的声音回答说:

"是吗,那我把绳子捯回来吧。"

"不,我有个好主意。"兰子带笑地说,"虽说都是些不务正业的小孩,不过他们呼唤舞台上的我。这是我重要的宣传员。我想好好还礼。请你把一些吃的东西,豆沙面包也行,拴在绳子上。反正这一伙人从今早起就好像没有吃上饭呢,他们一定会很高兴的。他们一定会说兰子很潇洒,会受到欢迎的。"

"嗯。"丈夫虽然打着哈欠应了一句,可是他这个诗人一贫如洗,哪有钱买面包呢。他环视了一圈房间,只看见兰子拿回来的花环。

如今喜欢花更甚于面包这种风尚,在不良少年当中是不是没有完全泯灭呢?

他们一边恶作剧地偷笑,一边使劲拽住兰子的绳子,出乎意料地没有反应,只见一个纸包从上面掉落了下来。哎呀,抬头望去,三楼房间的玻璃窗是紧闭着的。打开纸包,只见全是花、花、花。这是兰子的丈夫从花环上揪下来的人造花。少年们齐声高喊起来。

"真会装潇洒呀。"

"手法真巧妙,令人钦佩啊。"

"明儿让我们把这些花扔给舞台上的兰子吧。"

他们每人在胸前插上一朵花,并用其余的花把袖兜装得鼓鼓的,提着袖子走掉了。

"可是，你想想，也许这不是兰子设置的'焰火'呢。"

"这么说吧，她还在戏棚里呢。"

"可能是她丈夫的心意吧。"

"那不就更加高兴吗？"

"听说他是个诗人哪。"

总之，第二天晚上，他们把这些花统统向兰子的舞台上投去。

但是，就说兰子吧，既然她是浅草的女艺人，就不仅限于排练时晚归。有时候同后台的人到吉原卖杂烩的铺子里喝到凌晨三点半，有时候应客人的邀请到公园通宵营业的烧烤铺去吃上一顿。这些不良少年都看见了。他们自从拿到花之后，就成为兰子丈夫的朋友了。

"要狠狠地教训兰子一顿。把她丈夫带出来，趁她丈夫不在房间的时候，进去把兰子的衣裳和化妆品统统用包袱皮包好，系在绳子上，当醉醺醺回家的兰子拽绳子的时候，包袱就会掉落在她的跟前。这意味着丈夫要把妻子撵出家门，我们按这种步骤。"

这种步骤巧妙地准备停当的当天晚上，兰子被客人带了出来，他们当中有一个人跑到兰子的身旁说：

"你这样见异思迁，不怕丈夫把你撵出家门吗？"

"谢谢，反正我已经把丈夫拴在家里了。"

白粉与汽油

一

白粉带着芳香,从舞台上飘落到破门而入的"壁虎客"的脸上来了。

恐怕不只是芬芳吧。花粉从五十个全身裸露的舞女身上撒落下来。在聚光灯照射下来的光色中飞扬的尘埃,诚然是白粉吧。

春吉抬头仰望头顶上的舞女的腰身,从鼻子到肺腑都充塞着白粉。就是说,他的肺腑在白粉的墙壁里,还带有浅黄色的汽油。

他是小巴的少年助手。但他的小巴不串街揽客,不是那种四处招揽客人的外形美观的汽车。因此,总停在正在上演滑稽歌舞剧的电影院门前。

这是一家可容纳一千二百人的电影院。不过,一千二百人中懂得白粉气味的人,只有像壁虎似的紧贴在舞台下的这部分观众。

"这种人不是很多。"春吉想。

"不是很多。"

因此,这少年对不是很多的东西才感到无所谓。

二

春吉的车最拿手的,是接送浅草的艺人。诸如无声电影的解说员、漫才[1]演员、说唱浪花曲[2]的演员、吹笛子的演员等,净是些老熟人,因此,当然不能按照价目表上所写的一律收费一元。

浅草有五六辆这样的小巴。

漫才演员在舞台上曾从大钱包里掏出手巾让大家看。但在另一只小钱包里,连手巾也没有装进去。

"喂,对不起。"

这样的客人也相当多。

春吉那辆车的司机是个漫才迷。

"要是有个业余爱好漫才的姑娘就好了,两人可以一道巡回演出漫才,乘上旧式福特牌汽车,转遍整个日本。把汽车开进农村的祭祀集会,演它一段漫才,保证会大受欢迎,还会上报呢。如果巡回演出一年再返回公园的话,准能当上个了不起的漫才演员。"

春吉还在各种演艺馆的后台充当小传递人——为的是挣点小费零花。

他还充当侦探,受艺人委托,去探听别家戏棚里走红艺人的内幕。

---

1 漫才:日本的一种喜剧形式。
2 浪花曲:日本的一种说唱艺术。

三

柏油马路都淋湿了,好像下了一场春雨。

唱《安来小调》的姑娘,脱下久留米碎白花布短外衣和布袜子回家去。

怀抱婴儿的女人在大马路的对面行走。

春吉追上姑娘之后,从助手席上跳了下来,说:

"驹千代小姐,你没打雨伞,请上车吧。"

"哟……可是……"

驹千代虽然上了车,可是车子却没有要开动的样子。

"怎么啦?"

"可以吗?"

驹千代脸颊顿时绯红了,司机看在眼里。他猛地快速把车启动了。

"对面的人在看着我们啊。"

"是吗。"

"我觉得让婴儿挨淋,怪可怜的。"

"是啊。我下车也是可以的嘛。"

"是吗?"

"不瞒你说,我们的生意是靠人缘来维持的啊……待离开公园稍远点,再一起回去。"

"那是看小孩的吧？恐怕有四十多岁了吧。"

"噢，大概是吧。是整天都包雇了，工资挺微薄的……不知能不能找到这种人，只在我去戏棚的时候替我看看就行。"

"您去戏棚的时候，找个地方托给人家带不好吗？"

"可是喂奶……在舞台上，孩子哇哇哭喊的时候，无论如何也要努力干。有时乳汁濡湿了衣裳，把衣裳全弄脏了。"

"我给你找找吧。成天茫茫然地在公园里晃悠的女孩子多的是啊。"

"那就拜托你了。"

四

摊床成排，人群熙熙攘攘，这是公园大街的光景。在被摊床围住的圆形灌木丛中，盘踞着四五个男人。而且，他们还在那里喂养着两个小姑娘。

从摊床上探出头来，就可以看见他们的生活情景。只见他们背靠树干席地而坐。他们除了去某戏棚的地下食堂讨些残羹剩饭之外，无所事事。

从摊床前走过去的人，不止"定员一千二百人"。但是，知道那里的树丛中住着人的，恐怕莫过于"破门而入的壁虎客"了吧。

比白粉的香味更加罕见。

这里的姑娘,不像跳滑稽歌舞剧的舞女,她们不会撒下芬芳的花粉。她们带有土味。但那种土还不至于成为污垢。她们过流浪生活的日子还不长。

元禄袖的薄毛织品衣裳,净遭到夜露的敲打。黄色的腰带还算明亮。辫子与披肩一样长。

这些男子和小姑娘生活在来往行人当中,恐怕没有什么人比他们更孤独了。

五

春吉带着其中的一个小姑娘去沐浴充满朝气的舞女裸露的花粉。

在爵士乐的喧嚣声中,小姑娘入睡了。

"这么困吗?"

"嗯。"

"找个好地方睡吧?"

"能带我去小客栈吗?"

春吉让她睡在自己的空车里。

"为什么不从那种地方逃走呢?"

"不可能。"

"你每天都做些什么事?"

"白天什么事也不干。你是不是总在这里?我可以到这里来睡觉吗?"

"你不想像滑稽歌舞剧的姑娘那样显耀地生活吗?"

"那种生活,也并不太轻松吧?"

春吉介绍她给驹千代看孩子了。

六

驹千代到地方上去巡回演出。

孩子被他母亲抱走了,姑娘前来向春吉哭诉。她不由得想痛哭起来。流浪的厌倦的孤独——孩子把行将沉沦在这种孤独中的姑娘,拽回到现世人生中来。

春吉为了安慰她,只能让她坐上汽车去兜风,除此别无他法。

可是,途中他才发现汽油已经用光,便把车子停泊在铁路天桥下的加油站处。

这是一座涂着黄色油漆、像箱子一般的建筑物。店里只有一个化了妆的店员。后面是大宅院的石墙,在铺着沥青的地上放着汽油。

"你带钱了吗?"春吉向姑娘耳语。姑娘摇了摇头。于是他挠了挠头,环视了一下小房间的四周。

"对不起,大姐,可以借用一下吗?"

"借什么?哟,在那儿方便一下不就行了嘛。你不是个男人吗?这里面就跟公用电话一样呀。"

"大姐是怎么解决的?"

"你这人真讨厌啊,在附近借用嘛。"

"你能不能替我请求一下那家呢?"

当两人折回来的时候,姑娘已经能如数支付汽油费了。

但是在上野公园的黑暗处,灭灯停车的时候,春吉和姑娘被警察发现了。

七

春吉的旧福特牌汽车,被乱棍打坏了。住在树丛中的姑娘被春吉夺走了,这是那些男人所干的勾当。

姑娘被送进了少年监狱。

司机当上了漫才演员的弟子。

浅草公园和少年监狱之间不断地互通消息。据说,姑娘在监狱里生了孩子。于是,每当闻到汽油气味的时候,她就会想起春吉。

春吉不知道上哪儿去了。

白花粉依然不断地飘忽,据说也积淀在那里的音乐演奏者的银发上。

百合

上小学的时候，百合子心想：梅子多么可怜啊，用的是比大拇指还短的铅笔头，拎的是哥哥的旧书包。

于是，为了要与自己最爱的友人有相同的东西，她用附在小刀上的锯子将长铅笔锯成几截，没有哥哥的她却哭着要家人买个男生用的书包。

上女校的时候，她心想：松子多美啊。耳朵和手指长了冻疮，微微发红，着实可爱。

于是，为了要与最爱的友人一个模样，她长时间地把手泡在洗脸盆的凉水里，还把耳朵濡湿，迎着晨风上学去。

女校毕业之后，结了婚，毋庸赘言，百合子迷恋般地爱着自己的丈夫。于是，为了要模仿最爱的人，要与他一个模样，她就剪短头发，戴上高度的近视眼镜，蓄上胡须，嘴里叼着人烟斗，呼唤丈夫时"喂、喂"的，迈步活蹦乱跳，志愿去当陆军，等等。可是，令她吃惊的是，以上任何一件事情，丈夫都不允许她做。连对她要穿与丈夫相同的贴身衬衣也表示不满，要与丈夫一样不涂脂抹粉，他也露出不乐意的神色。所以，她的爱是被束缚手脚、不自由的，爱的萌芽像是被掐断，渐渐地衰颓了。

"他这个人多讨厌啊。为什么不让我和他一样呢？我不能和所爱的人一样，太寂寞了。"

于是，百合子渐渐地爱上了神。她祷告了：

"神啊！请让我拜谒一下尊容吧，无论如何让我拜谒一下尊容吧。我希望能与我所爱的神成为同样的模样，做同样的事。"

神灵的御音清亮地响彻了上空。

"你应该变成一朵百合花，犹如百合花爱任何事物，犹如百合花爱所有的人。"

"是。"百合子真诚地应了一声，她变成一朵百合花了。

舞鞋

一

舞女只有她一人。有时乐师超过十人。她深受欢迎，也可以说是仰仗了爵士乐队。因此，拥向后台找她的男人也很多。不过，在旅行途中，她只是逢场作戏地接待他们。

她在各种城市的电影院后台的镜台抽屉里，扔下了许多名片。

但是，只有一个名叫辻的男子，说是想送给她一双舞鞋。他开鞋铺，自己做鞋，她把他的名片放进化妆盒里带回了东京。

那男子说，请给我一双旧袜子来量量脚的尺寸大小，还说穿脏了的袜子要比洗干净的更能准确地弄明白脚形。她忙得没有工夫去思考问题，而且正赶上换装的时候，所以随手捡起一双袜子，轻轻地扔了过去。男子赶紧将它揣进兜里。乐师们笑她说，她受色情狂蒙骗了。

过了两个月，那个叫辻的男子，依然杳无音信。她也觉得那个人可能是个女人袜子的收藏家。

他那嘴唇的色泽像女子般漂亮，看起来确实不像个鞋匠，他是个美貌青年。除了感到美之外，他的容貌她全忘却了。不过，打那以后，她不时想起，那嘴唇的色泽同女人的袜子究竟有什么关系呢？

二

有一天,她忽然收到了辻寄来的挂号邮包。光看那邮包就知道装的不是鞋,但出乎意料,装的却是她的一只袜子。袜子从小腿以下破烂不堪。

下午,她也收到了他的信。

信上这样写道:先前您给我的袜子,被狗咬破变成了那个样子。我想方设法,可怎么也捉摸不准您的脚形。实在对不起,希望您再送一双给我。

话说得很像是真的。但是她想,也许不是狗,而是他自己咬破的呢。

她心想,世间也有这种怪男人啊,便一笑了之,不予理睬。

可是,有一天晚上,一只小狗混进浅草电影院她的后台里来了。

"呀!真可爱。"她刚要伸出手来,小狗就叼住她的袜子,一溜烟似的跑掉了。

她吓了一大跳。

然后,她觉得一阵寒战。

她没有穿袜子就回家了。

三

她觉得那只白色梗犬，准是辻饲养的狗。

其中一个乐师说，干这种事并不费事。用先前她给他的袜子，充分地训练狗，让狗做"拿来"的练习，然后在后台口只要命令狗"拿来"，狗就会去把她的袜子抢来。

另一个乐师则说，赶紧给脚买保险，买现在流行的三万元保险可能会好些吧。不仅是宣传，说不定脚真的会被狗咬呢。

她暗自思忖，拿保险金比跳舞好。她笑了，幻想着过瘸腿的富人生活。

然而，乐师煞有介事地列举了各种设想：说不定这个叫辻的男子是让狗去偷盗许多女人的袜子，让狗咬袜子为乐呢；也许他想要她一个人的多双袜子，才使唤狗的呢；再往深里说，也许他出于爱她的脚，或者出于恨，所以不让自己喂养的狗去咬伤她的脚；也许是受到别的舞女拜托，想让狗去咬伤她的脚，抢夺袜子，只是开始训练狗咬住她的脚的头一步吧。

但是，难道这些设想一个都不中吗？

不久，她收到了金色的舞鞋。当然是辻的礼物。

四

她穿上这双金色舞鞋跳舞了。

她察觉自己在舞台上搜寻观众席,还觉察到自己搜寻的人就是辻。

寄送舞鞋的小包裹,发自东京市内的邮局。辻肯定是带着狗到东京来了。

他是不是鞋匠呢?令人怀疑。不过,他起初说想送鞋的事并不假。

她曾思忖过:这可能是初恋心情的自白。

她也曾考虑过:也许这是潇洒恋爱的圈套。

事情就发生在她光脚穿金色舞鞋、脚汗渗透了舞鞋的时候。

一天,她刚迈下舞台后面的台阶,小狗忽然咬住了她的鞋。狗牙扎在她的脚指甲上。

她"哇"地高喊了一声,倒在地上。她望着叼着金色舞鞋逃跑的小白狗,昏厥过去了。

虽然伤势不妨害跳舞,可是从她的脚引发的喜悦已经荡然无存。这就是舞女之死。

五

她蓦地感到仿佛从梦中清醒过来似的。

清醒过来的同时,又觉得自己仿佛已经死了过去。

她还觉得自己似乎起死回生了。

只是,观众的喝彩听起来就像是一阵冷笑。对她来说,简直是生死攸关的震惊。

她意识到时,觉得自己的舞蹈方法太乏味,舞蹈本身也太没意思。让人看裸体,无聊透顶。

她觉得自己变得聪明起来了。

尽管如此,在自己的脚遭狗咬以前,她还觉得自己的脚上确实栖息着一个活生生的东西。这个活生生的东西逃到哪儿去了呢?

现在回想起来,那确实是与自己全然不同的另一种活生生的东西。

只有让这种活生生的东西栖息在体内的人,才是活着的。这个活生生的东西一旦丧失了,虽然会变得聪明起来,但就像停了水的水车那样,人也就像死了一般。

自己的脚,难道已经被蛀坏了吗?

她脚上那活生生的东西,连同金色的舞鞋一起,被白色恶魔般的狗叼走了。

她听起来，爵士乐的声音是空洞的。

六

让寄来了道歉信。

写的是他四五岁的时候，他的狗生下的狗崽，叼来了女人的鞋。他去邻居家把鞋还给了人家。

邻居家的女学生把幼小的他抱在膝上。那只鞋就是她的鞋。

幼年的他一心认定：只有让狗去叼鞋才能获得美女的爱，除此别无他途。

这个念头使现今的他也感到是一种令人怀念的回忆。

他逐渐被称为喜欢狗的孩子。狗嘛，任何狗都喜欢玩弄鞋。

对他来说，舞蹈是鞋的艺术。

看到她的舞蹈，他回想起自己的幼年时代，于是萌生要送给她美丽的舞鞋的念头。

因此，他的心情如同幼儿那样，憧憬是天真无邪的。是怀念幼年时代的往事之余所做出来的事情。

她一边读信一边想，所谓天真无邪是假的，他肯定还是个色情狂。

但是,这回的信里,发信人的住址写得清清楚楚。

七

她走进饭店的房间,还站着的时候,把桌面上的手绢拿了起来。她的金色舞鞋便从手绢下呈现出来。

一看见舞鞋,她感到不可思议,心惊肉跳起来。

他说:"我一听见敲门声,就赶紧用手绢把它盖住了。然后提心吊胆地说了些道歉的言辞。"

她问:"是你命令狗把鞋拿回来的吧?"

他回答说:"我一次也不曾命令过让它去偷鞋,可是每次狗叼着女人的鞋回来的时候,自己也情不自禁,露出了高兴的脸色,因此它就养成了只要看到女鞋就叼回来的习惯。"

这种事且不去管它,她想把鞋要回去,乃是因为在那以前她的脚上栖息着活生生的东西。她觉得这个活生生的东西仿佛逃到这里来了,所以才前来造访的。

但是,她不知道该怎样说明才好。在搜索言辞的过程中,她涌起一股要作弄一下这个男子的念头。

望着像供奉在祭坛上的自己的舞鞋的瞬间,她心中那股类似在舞台上玩弄观众的心情又复苏了。

她琢磨着这种男人最喜欢干的事,就是像奴隶侍候女王那样,她命令他把鞋给她穿上。

他双手捧起金色的舞鞋,恭恭敬敬地将鞋举到齐眉处,然后跪倒在她的脚下。

她战栗了。她高兴极了。

她虽然觉得大概很滑稽,可是这种感觉不但不可笑,反而像举行庄严肃穆的神授予人生命的仪式一样,他的认真和颤抖也传染给她了。

她脚上跳来跳去的活生生的东西回来了。

从舞鞋接触到她的脚的瞬间起,她成了梦中的女王。

她虽然想骂一声"浑蛋",把鞋踢到他脸颊上,可是他给她穿上鞋后,从她脚上渐渐……她也渐渐知道了……也许是因为她感觉到在他的体内,也有一种与他全然不同的活生生的东西,而且此时此刻这种东西正在猛烈地活动着。

雨伞

春雨似雾，虽然不会濡湿，却会浸润人的肌肤。跑出门的少女看见少年的伞，这才察觉：

"呀，下雨啦？"

少女正坐在店门前。少年撑开雨伞，与其说是为了挡雨，莫如说是为了掩藏自己走过少女面前时流露出来的羞涩。

但是，少年默默地将雨伞移过去给少女挡雨。少女只有一侧肩膀在雨伞下。尽管挨淋，少年却难以启齿说出"请过来"，然后让少女靠近过来。少女虽然也曾想过自己用一只手扶着伞把，但总是想从雨伞下溜走。

两人走进了照相馆。少年的父亲是个官吏，即将调任远方。这是为他拍的临别赠相。

"二位请并排坐在这儿。"摄影师指着长椅子说。

少年无法同少女并肩而坐，就站在少女的背后。为了让两人的身体在某一点上接合起来，他用扶着椅子的手指轻轻地触摸少女的短外褂。这是他初次触及少女的身体。透过手指传过来的微微的体温，少年感受到一阵似是紧紧拥抱着赤身少女的温馨。

这一生中，每当看到这张照片，也许就会想起她的体温来吧。

"再照一张好吗？二位肩并肩，把上半身照大些。"

少年只顾点头。

"头发……"少年对少女小声地说。

少女猛然抬头望了望少年，脸颊倏地绯红，眼睛闪烁着光芒，充满了明朗的喜悦。她像孩子般乖乖地碎步走到了化妆室。

方才少女看见少年经过门口，顾不上整理一下头发就飞跑出来，头发蓬乱得像是刚摘下游泳帽似的。少女一直为这乱发耿耿于怀，可是在男子面前，连拢拢两鬓的短发修饰一下也觉着害羞。少年也觉得，如果对她说声"拢拢头发吧"，都会羞辱少女的。

向化妆室走去的少女那股子快活劲儿，也感染了少年，喜悦之余，两人理所当然地互相偎依，坐在长椅子上。

刚要走出照相馆，少年寻找起雨伞来，忽然看见先走的少女已经手里拿着那把雨伞站在门口。少女发现少年望着自己，才意识到自己是拿着少年的雨伞走出来的，她不觉一惊。这种无意识的举止，难道不正是流露出她已经感觉到"那是他的东西"了吗？

少年难以启齿说出"让我拿雨伞吧"，少女则无法把雨伞交给少年。然而，此时此刻两人与前来照相馆的路上迥异，忽然变成了大人，带着夫妻般的心情踏上了归途。这仅仅是关于雨伞的一桩韵事……

后台的乳房

P子的嘴形,活像是个嘴馋的人。她的双唇周围,总像是有什么东西沾在上面。夏天还觉得她天真烂漫,或许最近已是深秋了吧,感到她的心总有些肮脏。

"哪怕轻描淡抹呢?这么一副像小保姆的打扮,在外面溜达,非把追随漂亮舞台形象的戏迷给吓跑不可啊!"

A子不客气地盯着P子说。

P子"嗯"了一声,冷不防地将A子放在化妆台上的茶碗端起来,往自己的嘴边送。

"是牛奶?我可以喝吗?"她马上皱起眉头,伸出舌头舔了又舔,然后说,"这牛奶怎么淡而无味?"

"瞧你,这是我的奶啊。你不是明明知道是我的奶吗?"

"是吗?这是人奶?"

"别装蒜啦!"

"我从来就没有喝过人奶。"

P子将剩下的奶洒在手掌上,瞧了好一阵子,说:

"听说用人奶洗脸很好,也让我洗洗,打扮试试。"

她将奶往满是疙瘩的脸上厚厚地抹了起来。

Ａ子泛起一种无以名状的厌恶感。

"你经常照看我的孩子,我很感谢。不过,请你以后别把孩子抱到观众席或大门外。要是让观众知道舞女在后台给孩子喂奶,我的一切就幻灭了。就是在没有排练的时候,我也是要待在后台等到公园里没有行人时再走的,因为我不愿意让人看见我带着孩子回家。"

"是吗?我可喜欢看到姐姐喂奶的模样呢。今后每天晚上我都替你背孩子回家吧。"

"孩子到哪儿去了?"

"在男演员室里,人家逗着他玩呢。我给你抱来。"

全身化了妆的赤身裸体的Ａ子解开乳罩,用湿纱布把涂在乳房上的白粉揩掉,在等候跑进来的Ｐ子。Ｐ子用双肘支撑着脸颊,目不转睛地凝望着Ａ子喂奶。Ａ子不想让Ｐ子看见揩掉了妆的裸露的乳房,就转过身去,说:

"天气转冷了。"

"是吗?"

"在舞台上,我常常觉得乳房疼痛。已经很冷啦。"Ａ子说罢,忽又想起这样的情景:一旦回到自己那像男演员宿舍的家,Ｐ子会马上说:我也可以脱个精光吗?然后她就像在后台一样,把衣服全部脱光。Ａ子想到这里,不由得觉得就是在舞台上,这样的小姑娘也会不断对自己形成一种压力。于是Ａ子自己也感到恼火了。

"像P子这样的姑娘才是真正的爵士乐舞女,才是不知秋与冬的孩子啊。"

睡眠癖

她感到仿佛有人揪头发似的疼痛，惊醒了三四回。知道黑发圈仍然绕在情人的脖颈上以后，她想明早向他说："头发长得这么长了。这种睡法，头发真的会变长。"想着，她微微地笑了笑，安详地合上了眼睛。

"睡着了我可不干啊。干吗连我们都非睡不可呢？热恋中的情侣还睡什么觉？！"

到了不必与他分离的时候，她竟然说了一句这样的话，实在是不可思议啊！

"只能这么说，人正因为要睡觉，所以才谈恋爱。绝不需要睡觉的恋爱，想起来也觉得太可怕。那是恶魔的所为。"

"胡说！咱们起初不是也没有睡觉吗？再没有比睡觉更自私的东西了。"

倒是千真万确。他一入梦就皱眉头，就从她的脖颈下把胳膊抽回去。她不论搂住他什么地方，忽然醒来，胳膊总是松弛无力的。

"那么，我把头发紧紧缠在你的胳膊上，你使劲把它抓住。"

于是，她便把他的和服袖子紧紧缠在自己的胳膊上，然后抓住它，可睡眠还是把她手指的力气全部夺走了。

"算了。就按古人所说的,用女人的发网把你网住吧。"说着,她做了一个黑发圈,套在他的脖颈上。

这天早晨,她打招呼时,他也笑了。

"什么头发变长了,乱蓬蓬地缠在一起,连梳子也梳理不了啰。"

随着岁月的流逝,他们把这样的事都忘记了。她渐渐地忘却他的存在,能够入睡了。但偶尔醒来,她的胳膊一定接触着他。他的胳膊也会搁在她的身上。待到不想这样做的时候,这已经成为他们俩的睡眠癖了。

吵架

盛开着红梅的窗口对面,碧蓝的海面上升起了海市蜃楼。

"在东京……"新娘子说。

她的父亲是个酒鬼。

"在乡下的时候,我常听说东京没有醉鬼,那儿是不让醉鬼上街的。醉鬼一上街,马上就被警察带走。孩提时我就想:光是这一点,东京就该有多好啊。可是,来到东京,看见醉鬼还是……"

说罢,她快活地笑了。或许她是想起了在街上看见的可笑的醉鬼;或许是在幸福的今天,她已经可以一边笑一边回忆父亲被酒折磨的凄凉的情景。

"不过,倒没听说东京有夫妻吵架的事。"

"哦?"丈夫吃惊地凝望着新娘子那副过分认真的表情,说,"倘使世界上哪块土地没有夫妻吵架,那么那里就是没有婚姻的国度了吧。"

"我到东京已经快两年了,也没见过夫妻吵架的嘛,像是在乡下那样的。东京人到底贤惠,有礼貌。"

"啊,原来是这么回事。就是说,这是城市生活的不幸,连夫妻都不能公开吵架。乡下人就不同,可以用街坊都能听得见的声音吵架,乃至公开扭打,还招来一大帮人围观。这该是多么幸福啊。东京太狭窄了。"

丈夫看见新娘子显出一副疑惑的神色,马上停住了脚步。

"事实胜于雄辩,这里是温泉旅馆的偏房,没有人看见,为了纪念新婚旅行,咱们不妨干一场精彩的试试!"说着,他冷不防地抓住新娘子的前襟,连拖带拉地硬把新娘子拽走,"喂,反抗呀!反抗呀!回到东京就不能为所欲为啦!"

新娘子第一次面对男子的暴力,吓得脸色铁青。被连拖带拉,头发全披散了,她不由自主地一边哭泣,一边噼噼啪啪地殴打起丈夫来了。

"怎么样?是不是觉得痛快些了?"

新娘子破涕为笑,有点难为情,便把视线移开了。她满心喜悦,仿佛碧蓝海面上的海市蜃楼也在她身边燃烧起来。

脸

从六七岁到十四五岁，她在舞台上净哭了。那时节，观众也真是能哭啊！

自己只要一哭，观众也会跟着哭。这种想法，是她观察人生的最初的着眼点。在她看来，人们只要看她的戏就肯定要哭，人脸都成了哭脸。没有一张人脸是她不认识的。这样，对她来说，人世间是一张非常容易理解的脸。

在整个剧团里，没有一个演员能像她那样，扮演美丽的孩童赢得这么多观众落泪。

然而，十六岁时，她生了孩子。

"一点也不像我。不是我的孩子。我不知道。"这孩子的父亲说。

"这孩子连和我也没有一点相像啊。"她也说，"不过，的确是我的孩子。"

对她来说，这女婴的脸，成了她第一张不认识的人脸。可以说，生产孩子的同时，她扮演童角的使命也就结束了。于是，她发现过去自己能使观众落泪的新派悲剧的舞台与现实社会之间，存在着一道巨大的鸿沟。放眼一看，这鸿沟是黑魆魆的。这黑暗中露出了许许多多陌生的人脸，这些人脸很像自己孩子的脸。

在一次旅途上，她同孩子的父亲分手了。

之后，随着岁月的流逝，她渐渐地感到这孩子的脸越发像那个分手的男人的脸了。

不久，这孩子扮演的童角，就像她小时候那样，开始使观众落泪了。

在一次旅途上，她同这孩子也分别了。

一分别以后，她感到这孩子的脸很像自己的脸了。

阔别十数年，在农村的小剧场里，她和依然巡回演出的父亲意外相遇了。因而，她知道了母亲的住处。

去见母亲的她，一眼望见母亲，蓦然"哇"的一声，紧紧地抱着母亲号啕痛哭起来。有生以来第一次看见母亲，有生以来第一次真正地哭了。

为什么呢？因为和她分别了的那个女儿的脸，酷似她母亲的脸。如同她不像她母亲一样，她女儿也不像她。但是，外婆和外孙女都很相似。

在母亲怀抱里抽泣的时候，她感到扮演童角的自己是真的哭了。

如今，她抱着奔赴圣地巡礼的心情，企盼着能在某地同自己的孩子和这孩子的父亲重逢，倾诉脸的故事，又回到巡回演出艺人的行列中去了。

化妆

我家厕所的窗,与谷中殡仪馆厕所的窗是相对的。

两家厕所之间的空地,是殡仪馆的垃圾场。葬礼用的供花和花圈就扔在这儿。

时令不过是九月中旬,墓地和殡仪馆已是秋虫鸣声不断。我说了声"有件事很有意思",就把手搭在妻子和她妹妹的肩膀上,领着她们走到凉飕飕的走廊上。夜间,到了走廊尽头,打开厕所的门,一股浓烈的菊花香迎面扑来。她们"呀"地惊叫一声,立即将脸靠近厕所的窗边。只见窗外盛开着一簇簇白菊花。约莫二十来个白菊花圈并排立在那儿。这是今天的葬礼留下的痕迹。妻子一边伸手去摘菊花,一边说,不知多少年没能一次看见这样多的菊花了。我点亮了电灯,照得扎在花圈上的银纸光闪闪的。我工作的时候经常上厕所,这天晚上不知多少次嗅到了菊花的芳香,彻夜的疲劳也就在这芳香中顿消了。不久,白菊在晨光中显得更加洁白,银纸开始熠熠生辉。我解手时,发现一只金丝雀"吧嗒"一声落在白菊花上不飞了。大概是昨日放生的鸟太疲惫,忘却飞回鸟巢了吧。

这些景物,或许可以说是美吧。但是,我又不能不天天从厕所的窗望见这些送殡的花朵日渐凋萎。正好是在写这篇文章的三月初,我花了五六天时间,仔细地观察在一个花圈上绽开的红蔷薇和桔梗是怎样随着凋萎日渐改变颜色的。

好在是植物的花,还算凑合。我又不能不透过殡仪馆厕所的窗观察人。有许多年轻的女子。为什么呢?因为男性很少进来,而老太婆不会长时间站在殡仪馆的厕所里照镜子,大概已经不年轻了吧。一般年轻的女子大都会站在那里化妆。穿着丧服的女子在殡仪馆的厕所里化妆——一看见她们涂抹浓艳的口红,就好像看到了舐尸体的血红的嘴唇,我不由得毛骨悚然,抽缩着身子。她们却镇定自如。尽管她们确信谁都不会看见,然而身上表现出了背着人干坏事的罪恶意识。

我并不想看这种奇怪的化妆,但这两扇窗常年相对着。这种令人作呕的、偶然的一致也绝不在少数。我赶紧把视线移开。这样,倘使我从街头或客厅的妇女们的化妆联想起殡仪馆厕所里的女人,也无疑是一种实实在在的幸福。我甚至想写信给我喜欢的女人们,告诉她们,即使到殡仪馆来参加葬礼,也别进厕所,因为我不愿意让她们加入到魔女的行列里。

可是,昨天……

我透过殡仪馆厕所的窗,看到一个十七八岁的少女,用洁白的手绢一味地揩拭眼泪。无论怎么揩拭,泪珠还是不断地涌流出来。她颤动着肩膀在抽噎。大概是终于被悲痛压垮了吧,她"咚"的一声,就那么站立着倒在厕所的墙边上。她任由泪水潸潸落下,已经无力去揩拭了。

大概只有她不是背着人来化妆的吧。肯定是背着人来哭泣的。

这扇窗在我的心灵上留下了一种对女人的恶意。然而通过她，我感到这种恶意逐渐拂去了，而且拂得一干二净。这时，万没有想到她竟掏出一面小镜子，对镜莞尔一笑，机敏地走出了厕所。我挨了一盆水浇似的，惊讶不已，几乎高喊起来。

对我来说，那是个谜一般的笑。

妹妹的和服

最近，姐姐穿妹妹的和服的次数多起来了，而且夜间走过妹妹同未婚夫漫步的公园的次数也多起来了。

这公园绿树成荫，从春到夏，傍晚时分总是有几十对，甚或几百对情侣手挽手地在公园里悠然漫步。

她们的家就在这公园的后面。

姐姐经常把妹妹送到公园前面的公共汽车站，就像送别未婚夫似的再三叮咛。

然而，此刻姐姐是为了取妹妹的药，才到公园前的城镇医生这里来的。

最近，姐姐穿着的妹妹的和服都是她自己缝制的。

"姐姐净给我买这些和服，比姐姐的和服还朴素呢。"妹妹常常表示不满。

"因为我不想让你像我那样，穿着疯狂般的华丽的衣服生活，才这样煞费苦心的啊！"

"所以不是说过让我去干活，别净让我玩吗？"

"只要看看我，你就会明白我们过着什么样的生活，我出门穿的同日常穿的是没有区别的啊。"

"我觉得这样比游手好闲好得多。"

姐姐频频转换职业,诸如艺伎、电影演员、舞厅舞女等。如今她在浅草的小剧场里跳新舞蹈。小剧场的年轻经理给她买了一幢房子,还成了家,只在高兴的时候登台表演一下就可以了。她把乡下的妹妹唤来,那是在她进入电影制片厂后不久的事。因为她想让妹妹实现她这一生不可能实现的,并且是这个世界上最幸福、最美满的婚姻。

妹妹的未婚夫是由姐姐挑选的。妹妹的全套嫁妆也是由姐姐筹划置办的。在妹妹的身上,姐姐看见了梦中的自己。这两三年来,姐姐光是为了自己的化身——妹妹的婚礼,不知做了多么繁杂的劳动。

"妹妹这个人简直没见过世面,在这个世界上,她似乎只看到我一个人。"姐姐对妹妹的未婚夫边笑边说,眼泪几乎夺眶而出。从自己的嘴里竟说出这样值得庆幸的话,她仿佛陶醉在幸福之中。

如同姐姐给妹妹买的和服花样一样,姐姐所挑选的妹妹的未婚夫也是平凡的男人。

姐姐心想,妹妹一生没见过世面,恐怕不能真正理解姐姐这番好意吧。而且她对于妹妹对男子使用的大胆言辞也深感震惊。妹妹纯朴的语言,远比姐姐疯狂似的语言要大胆得多,也越来越爱骂人,总是拿男人出气。

妹妹婚后不久,就多次向姐姐倾诉:丈夫太平凡,真是美中不足。

"你能向我,向我这个人直言不讳地提出过分的要求,你是幸福的啊。"说着，姐姐低下头来，紧咬着双唇。

妹妹生病以后，马上回到姐姐的身边来，简直像是把生病作为离婚的借口而感到欣慰。然而，得了这种脊髓病就等于被宣判死期不远了。这一点，妹妹不懂，姐姐是懂得的。这回她把妹妹当作自己的孩子来看待了。

"不管怎么说，这孩子只有我一个亲人了。"

在和服里面，妹妹穿了一件像是击剑用的胸铠的紧身胸衣，从腰部支撑到胸部，而且在乳房处剜了两个圆圆的窟窿，看上去很像一个孕妇。秋色渐深，手也觉得冷了。她很衰弱，但脸庞反而红润，眼睛大而晶莹，化妆比姐姐还要浓艳得多，总觉得那是一种美丽的邋遢样。

不久，妹妹入睡了。姐姐把紧身胸衣晾在向阳的廊沿上。又过了不久，紧身胸衣已经被扔在院落的一个犄角里，妹妹卧床不起了。天下雪了，庭院里的紧身胸衣蒙上了一层白雪。麻雀落在剜过的胸衣的两个窟窿上。的确是雪天的清晨，麻雀摇晃着脑袋。这好像是一个悲惨的故事。

姐姐把妹夫唤醒，想让他去看看这幅景象。她还想说：女人的死，像妹妹这样生命力在不觉间消失，恐怕不是一种逼真的悲哀吧。妹妹缠绵病榻，妹夫一直住在姐姐家里，每天到公司上班。妹妹在病榻上回归童心，同时也痴心地爱恋着唯一的丈夫。任性的妹妹这种变化，在姐姐眼里悲惨地映现出来了。为了爱，妹妹和丈夫似乎连死都忘却了。

妹妹宛如白痴的暴君,不愿让丈夫离开自己的病榻旁一步。她要么说"我可不愿意你去洗澡",要么说"我可不愿意你看报"。后来,妹妹终究忍受不了夜半独自醒来的那份寂寞,用红腰带把自己的手和丈夫的手捆绑在一起。她拽了好几回带子,把贴邻床上的丈夫给拽醒了。

"你对她真是尽心尽意啊!"说到这里,姐姐为了确认自己没有理由妒忌妹妹,又说,"真可怜。不过,再忍耐些时候吧。"

这种情况已经发生多次:妹夫从公司回来,看见在门厅相迎的姐姐就忽然驻足,呆立不动。姐姐看到这般情景,她的心也受到了撞击。然而,两人都默默无言。妹夫似乎把姐姐看成妹妹了。

妹妹回到姐姐家里就缠绵病榻,姐姐穿用妹妹的和服的次数就多起来。

姐姐一直过着只有三四件可替换的当季衣服的生活。就是对现在的姐姐来说,两三年前给妹妹添置嫁妆买来的和服也未免太朴素了。看上去姐姐和妹妹很相似,很年轻,像是同妹妹只相差一岁。病弱的妹妹,与其说是个人,莫如说是件覆盖着白雪的紧身胸衣,或是朵凋萎的花儿。姐姐既不是如今的自己,也不是病前的妹妹,可看起来两者却又相像。姐姐面对镜子,有时会在镜子里发现妹妹的姿影。姐姐不仅穿着妹妹的和服,不觉间还梳起与健康时的妹妹相同的发型。

夜间,姐姐为了给妹妹取药,走过妹妹和未婚夫漫步过的公园的次数也多起来了。她就是这样一个姐姐。最近,她经过这条路时,隐约地感到自己越发像妹妹了。

公园里出现成双成对的情侣时,春天来了。一天夜里,为了向医生报告妹妹并发腹膜炎、离死亡没几个小时了的状况,姐姐又穿上了妹妹的和服,急匆匆地从那条路走了过去。她记得,那时是图书馆闭馆时间,她从馆前的人群中穿过去,却没有察觉到追赶她的脚步声。

"琴子!"忽然有人呼喊妹妹的名字,她转过身来,一个不相识的男子已经站在她的身边,"啊,你不是琴子吗?"

"错了。琴子她……"

"我记得你的名字,你把我给忘了?"

"琴子在家里,眼下垂危了。"

姐姐和男人都气喘吁吁的。

"又来了。先前你也说过,请你就当琴子已经死了。你还说:为了报答姐姐的情义,就当自己已经死了,这才出嫁的。"

听了这番话,姐姐大吃一惊,反而沉静下来了。原来妹妹也有情人啊!她想在这黑夜里端详一番这个近在咫尺的男子的面孔。

妹妹弥留之际,自己被妹妹的情人误认为是妹妹,这是多么不可思议的事啊!

"你是说过就当你已经死了,可你却这样……"男子紧紧搂住姐姐的肩膀。

"你不是这样活着吗?"男子使劲摇晃着姐姐的肩膀。姐姐踉跄了几步,无意中嘟哝了一句:

"对不起!"

这是在向妹妹道歉。原来是妹妹向姐姐隐瞒了有情人这回事,同姐姐为她挑选的男人结了婚。她是充当了姐姐的替身人偶吗?姐姐浑身瘫软,甚至忘却了这男子还在搂着她。

男子一把将她搂抱在怀里。

妹妹的情人至今依然恋慕着妹妹吗?姐姐蓦然想自己要变作妹妹,了解一下这男子的心,再回去告诉行将死去的妹妹。这时她已情不自禁,泪如泉涌了。

"你还是爱着我的,是这样地爱着我的。"男子把姐姐抱到树荫下。

在这男子的拥抱之下,姐姐脑海里清晰地浮现出被丈夫这般拥抱着的弥留的妹妹。在这男子的怀里,她还梦见倘使妹妹故去,就同妹夫结婚。诚然,这是活生生的血的风暴。

姐姐在妹妹身上寻找自己已经失去了的东西。由于妹妹的死,这些失去了的东西又在姐姐的身上复活了。

遗容

他是她的第几个情人，不得而知，好歹是最后一个，这则是十分清楚的。为什么呢？因为她已经濒临死亡。

"知道这么早死，还不如当初遭杀害更好啰。"她依偎在他的怀里，用仿佛回忆起许多情人似的眼神，甜滋滋地泛起了微笑。

生命垂危，她还是难以忘掉她的美，难以忘掉她那无数次的爱恋。她不知道，如今这些却折磨着她。

"男人都想把我杀掉。嘴上不说，心里也会这样想的。"

为了抓住她的心，只有把她杀掉，除此别无良策。比起深陷苦恼的情人们来，眼下他正处在她甘愿死在他的怀里的时候，不存在失去她的不安的感觉。

或许正因如此，他是一个幸福的情人。然而，他抱她已经抱累了。不断强烈地追求爱情的她，就是在患病之后，如果感觉不到投身在情人的怀里，也无法安然成眠。

她越来越不行的时候，说：

"请握住我的脚。我的脚太寂寞了。"

仿佛死亡从脚悄悄靠近过来似的，她一再感到她的脚寂寞极了。他坐在她的病榻边上，紧紧地握住她的脚。她的脚像死了一般冰凉。

可是，他的手掌却出奇地颤抖起来。因为他从掌心握着的小脚，感受到这是一个活生生的女人。这双冰凉的小脚给他的手掌传来了喜悦，如同接触到温乎乎、汗涔涔的女人脚心时所产生的那种喜悦。他感到有愧于她，这份感触犯渎了她的死的神圣。但是"请握住我的脚"这句话，难道不正是她在这人世上最后的爱的技巧吗？果真是这样的话，他对她这种悲惨的女性，感到几分惧怕了。

"我们的爱恋，你已经无须忌妒了，你似乎感到有点不足吧。不过，我死了，你忌妒的对象就会出现的，肯定会在什么地方出现的。"说罢，她就咽气了。

这句话应验了。

前来守灵的一个话剧演员替她的遗容化了妆，仿佛要再现当年她同这演员恋爱时那种活生生的美。

后来，一个美术家给她打石膏面型的时候，他对话剧演员忌妒之余，仿佛是要把她掐死似的。因为演员给她化妆，使她的遗容复苏了。这个美术家又给她打了石膏面型，大概是要怀念她的面影吧。

他知道围绕她进行的爱情争斗并没有随着她的死而结束，感到让她死在自己的怀里，实际上只不过是一种虚幻的胜利罢了。于是，他到美术家那里去把她的面型夺回来。

这具面型像女人，又像男人。看上去既像幼女，又像老妪。他用心中那团火忽然熄灭般的声音说：

"这虽然是她,却又不像她。首先分不清究竟是男人还是女人。"

"是啊。"美术家也沉下脸来,"一般来说,所谓面型,看上去不知是谁的话,就无法分清性别了。譬如,目不转睛地盯着像贝多芬那样魁伟的人的石膏面型,也会感到它像张女人的脸。不过,没有一个女人像她这样,是个十足的女性。我想,面型大概的确是女性的吧。结果还是这副模样,没有战胜死亡。死亡的同时,性别也就结束了。"

"她一生是个女人,这是喜剧中的悲剧。连弥留之际,她也太女性了。倘使现在她已经可以从这个悲剧中完全逃脱……"他感到一阵清爽,恍如噩梦消失了。他伸出手来说:"在这具分不清是男是女的遗容面型前,咱们也把手相握起来吧!"

舞会之夜

在剧场的一楼和二楼上,只有两个身着洋装的女人,就是他的打字员女伴和一个忧郁的日本化的外国中年女人。那外国女人的红头发,甚至使他感到一上年纪,竟落得如此可悲的下场,她简直就像个样品。附近有许多人梳着烟花巷式的美丽的日本发型。红头发的女人大概是个家庭教师吧。一个身穿长袖和服的十一二岁的少女,像倚靠在柔软的长椅子上似的,娇媚地偎依在外国人的怀里,简直像歌舞伎童角念台词般,用拖得长长的甜美声音在讲解舞蹈节目。

有个女人也带着个女孩走到了他们面前的空席处。这女人向带着外国少女的母亲做了一番长长的寒暄。

"呀!令爱的这身装束多么漂亮啊。哦,前些日子您说的刺绣图案,就是这条腰带吗?"

"是的。"

"小姐,让我看看好吗?"

少女站起身来,脱下短外罩,活像和服展览会的模特,骄矜地装模作样,慢慢地转体一周。她就像京都舞女那样,系着一条红色的半幅腰带,打了个松弛的花结。

"啊!不论底色与金丝的搭配也好,刺绣的布局也好,真不愧是上乘之作啊。"

打字员仿佛被这两个女人压倒似的，低声地说：

"这就是所谓的奉承吧。"

"是啊。"

下一幕《菊蝶东篱妓》刚一开演，打字员又说：

"这姑娘现在正在学它呢。"

坐在他前面的椅子上让人看腰带的少女，随着舞台的三面小孩舞蹈的节奏，一边耸动着肩膀，一边模拟着打手势。看到她那纤细的手柔软地反翘着的时候，打字员对少女可能感到的惊讶和妒恨渐渐也传染给他了。

被培养得像美丽的点心一般的小女孩，不是这少女一个人。身着长袖和服盛装打扮的不认识的少女们，在走廊上走来走去。

打字员心想：今后她们的身价不管能卖到多高，打扮得多么美，昔日贫困成长过程的痕迹，恐怕也不可能完全从她们的姿影中拂去。而且今天的剧场到处都有妇女，她们一眼就能分辨出女人的出身。她们的衣裳与打字员想买的百货商店里的特卖丝绸，在分量上是不同的。每次舞蹈间歇的十分钟里，她除了出去吃盒饭外，一次也不想离开座席。这回是《柳雏诸鸟啭》，看到鹭娘更换了三次华丽的衣裳，她说：

"光衣裳就得花好几百元，甚至上千元啊。"

说罢,又像是觉得怪不好意思的,自言自语:

"假使担心这种事,就没法子跳舞了。"

"可是,光凭衣裳让人眼花缭乱,这样的舞蹈就显得肤浅了。"说着,他忽然意外地在盛大的舞台上,发现了弟弟从前的恋人。于是,他似乎有一点脸红,涌起一阵不安的心绪。她是以舞蹈流派的名称作为姓,又改了分辨不出来是男还是女的艺名,所以他在节目里没有察觉到。尽管如此,她无疑就是里枝。

里枝是师家的心爱弟子。传说她当了师家的养女,将继承师家的事业。她十九岁光景上,曾同弟弟相恋过。弟弟当时是个大学生。古板守旧的父亲认为舞蹈师傅和艺伎都一样,当然不会同意这门亲事。尽管如此,他曾登门造访师家府上,为弟弟求娶里枝。可得到的回答是:她早就被开除,与这里毫无关系了,悉听尊便吧。弟弟与里枝成了家。可是,里枝很快就受不了学生哥那种粗俗和贫困,最终抛弃了弟弟。不久,她凭着那份聪明劲,借助那位师家的有力后援者的力量,实现了她回到师家的愿望。后来是什么时候,里枝为什么能登上净是日本舞蹈师家出场的舞蹈大会的舞台表演,他就一无所知了。弟弟由于和她恋爱,大学也只念了半截就退学,参加了业余剧团,至今依然一贫如洗。他联想到弟弟,又看看眼前里枝在舞台上的姿影,觉得未免太辉煌了。与其说他为弟弟憎恨她,莫如说他对她这种引人注目的飞黄腾达抱有好感。毫无疑问,她早已把五六年前那场寒酸的恋爱忘得一干二净了。一般观众恐怕没有一个人了解她的底细吧。熟悉者充其量有那么五个十个。再说就算他大声高喊"背叛者"，舞台上的她恐怕连眉毛都不会动一动，继续跳她的舞，而他自己只有落得个面红耳赤吧。听起来长歌简直就像她生活的凯歌。他也同打字员那样，顾忌人眼，觉得很不自在。

"有许多令人作呕的男女呀。"

打字员仿佛找到了一条逃遁的路，低声细语了一句。

"刚才在我后面，有人操着女人用语说话，真让人觉得讨厌。"

"嗯，大概是歌舞伎的旦角什么的吧。"

有许多男人系着半老艺伎用的窄腰带那种颜色的又扁又硬的角带，随便地穿着黄色带胭脂红的粗竖条纹和服，还有少年系少女用的那种兵儿腰带，身穿长袖兜和服。打字员觉得这伙男女，连艺伎群体与之相比也要逊色几分，她仿佛好容易才找到了发泄轻蔑的排泄口。

虽说他是文艺部记者，却是在一家三流报社里任职。走出剧场后，他也觉得受到了日本传统美的感染，茫茫然地迈着脚步。不时看到的西洋舞蹈和日本舞蹈之间，有如新剧演员的翻译剧和歌舞伎剧那样不同。他经常行走在西洋式的银座，总觉得这是一条不可思议的街道。直到弟弟抱着大包物品从食品店的玻璃门匆匆走出来，他的梦还没有醒过来。弟弟险些撞上了他。

"哎哟，哥哥！"

"你怎么啦？干吗这么慌里慌张的？"

"我妻子刚生小孩了。"

他联想起里枝的舞台形象，说："那就恭喜你啦。"

"提前了六十天，是早产啊。所以……"弟弟说话的速度快得惊人。

"是吗？不要紧吧？都说怀胎七个月的孩子能养成嘛。"

"重量只有五斤。"

"一般婴儿多重？"

"对不起，我急着走，失礼了。"

"啊，喝杯茶再走嘛。"

"接着我还得去接下田博士。不请可以信赖的医生看看，放心不下呀。"弟弟仿佛无法站住似的，心神不定，手足动个不停，"过两三天再……请多关照。"

"不，我也一块去。先去医生那里，然后再去你家祝贺。"

"是吗？"弟弟稍许镇静下来，这才发现他的伴侣。

"可是……"

"没关系嘛。"他说罢，又对打字员说："那么再见。"

于是，兄弟俩坐上了出租车。

弟弟满脸挂着明朗的感谢的神情望着他，可是当自己的视线与他冷峻的眼光相遇的时候，弟弟说：

"我坏事了吧？"

"你是说那个女子吗?"

"嗯。"

"她是报社的打字员。我这是第一次带她出来,说不定她接着还会去什么地方呢。"

"可是这……"

"什么,没关系的。在饭店或什么地方,她如果忽然想起在陋巷的简易住宅里,父母兄弟盖着又薄又硬的棉被躺着的事,就会感到很忧郁啊。"

"看来她家很困难啰。"

"对……怎么样,你高兴吗?"

"嗯。嗨,这就叫高兴吗?"

他忽然高声笑了起来。弟弟过去的情人在大剧场的舞台上令人眼花缭乱地跳着舞。在差不多同一时间,弟弟的妻子在贫困的家里生小孩。弟弟、里枝和弟弟的妻子都不知道这种情况。这是多么滑稽啊。而且,这究竟是怎么回事呢?现在同那个打字员相恋,可早晚终归要分手的。再过多少年后的同一时间,他会做些什么,她又会做些什么,彼此又互不知晓。这是理所当然的。不过,到了那个时候,又会像现在这样笑了。会笑什么呢?他被一种诱惑搅动,很想把今晚里枝舞蹈的事告诉弟弟,于是他拍了拍弟弟的肩膀,说:

"喂,好好干吧。"

"嗯,我也这么想。我当爸爸了嘛。再不好好干不行啊。"

始于眉毛

因为是女人,而且要就业,她就想选择一个以女性美吸引人的职业。可是,谁也没有说过她美。她找到的,却是禁止化妆的职业。

一天,上司把她叫到跟前说:"你描眉了吧?"

"没有啊。"她怯生生地用手指沾了点唾沫,把眉擦了擦。

"那么,你是修剪过啰?"

"没有啊,生来就是这样。"她几乎哭出来了。

"嗯,你好歹有双漂亮的眉毛,就是不在这里工作,你也能活下去吧?"

从她的眉毛,上司找到了裁减她的借口。她才第一次明确地了解到自己的眉毛之美。她满心喜悦,连失业的悲哀也忘却了。自己也有美的地方,她对结婚也就有信心了。

丈夫没有说她的眉毛长得美。他说她的乳房美,脊背、双膝也很美,然后,然后……他告诉她,她身上有许多美,她沉湎在幸福中。

但是,一想到丈夫搜遍她身上的美之后又将会怎样,她也就禁不住怀念起当初以为自己身上没有一点美而认命时,那种无忧无虑来了。

藤花与草莓

他们于暮秋结婚了。从冬到春，夜间寝室的窗户经常是关闭的，被沉重的帷幔覆盖着。

如今这沉重的帷幔已经换上了夏天清爽的窗帘，仿佛给盲人般的新婚爱情，冷不丁地打开了一扇明亮的窗。妻子舍不得把玻璃门关上，无意中变得欢快起来，恢复了许久没有过的少女般的淘气。也许是吹拂绿叶微微摇曳的夜风的缘故吧。

"初夏的空气，飘着一股乳汁的清香，真是芬芳宜人啊！"

"飘着乳汁的清香的，恐怕是你自己吧——昨天也写了那样的回信。"

"不过，这时节绿色的嫩叶，也飘溢出一股姐姐那种芳香啊。所以那孩子也想起姐姐来了。"

所谓那孩子，就是指在故里作古的校友的妹妹。昨天这少女忽然邮来了一封天真的信。信上写道："我查看了姐姐的遗物，发现里面有你的一封信，通过姐姐，我知道有你这样一个人，实在令人思慕。因为我总觉得你就像我的姐姐。"

这妹妹多半是刚上女校的年龄吧。不知为什么竟爱慕起人来，就像梦一般地憧憬着同班生、高年级生那样……仅仅因为是已故姐姐的朋友,她就觉得这人像她的姐姐了。

"可不是嘛,应该好好爱护这般年龄的女孩子的感情啊。"

"你大概想起自己任性的过去了吧?"

"是啊。不过,这妹妹嘛,我肯定是见过面的,可现在怎么也回忆不起来了。"

"虽然这样,你还是噙着泪水给她写回信了嘛。女人真叫人弄不明白啊。"

窗外的紫藤花蕚在摇曳。那紫色浮在清澈的月光下,更像朦胧的幻梦。丈夫轻蔑的口吻,没能滋润妻子的心田。妻子的感情多少被扭曲了,她说:

"那时,奈良公园里的紫藤花也在盛开。看上去,高高的杉树梢上的这些花色,就像我们年轻姑娘的友谊之花啊……友人的妹妹,我想不起来了,可她的哥哥,我却记得清清楚楚。"

果然奏效。丈夫的眼底出现了认真的神色。

"我估计大概就是这么回事吧。你们的感情很好,说什么要结成真正的姐妹,所以接到她妹妹的信,至今你还很哀伤。"

"也许是这样吧。虽然没有明确相认,可妹妹仅仅因为我是她姐姐的朋友,就觉得我好像真的是她姐姐了。她的信不是这样说的吗?同样,就说我吧,仅仅因为他是友人的兄长,也许就觉得他是我真正的哥哥呢。"

"嗯。"

"喏,年轻姑娘的这种心情,你不觉得可爱吗?你这个人啊。"

"大概是绿叶的关系,引起你这些联想,睡吧!"

"不过,那哥哥不像你,跟我说了这么多可怕的话。说什么我永远爱你,直到最后你爱我为止。你的信,我很害怕,我全失败了。但是女人不这样说。我永远爱你,直到最后你不爱我为止。女人和男人不同,女人真无聊。"

"别说啦,我到下面给你把草莓端来。"

"唉,《枕草子》里有这样一句话:'雪花飘在水晶念珠、紫藤花、梅花上,漂亮的婴儿在吃草莓。'清少纳言也生过孩子吗?婴儿吃草莓的时候,嘴唇美到极致了吧。"

有关奈良的紫藤花的回忆,妻子早已忘却了。她站在寝室窗外的紫藤花丛中,幻想着这可能是自己生下的婴儿的嘴唇。

秋风中的妻子

饭店的走廊和大厅的地板，明净如镜，仿佛映出一片秋日淡淡的彩云，十分静谧。他送走了某夫人，就这样登上二楼，回到自己的房间，未免有点无情无义。他便从楼梯中腹的书架最右边抽出了一本书。好像与书一起会蹦出一只蟋蟀来似的。这本书原来是一部百科辞典。翻开的一页上，写着这样一句话——"秋风中的妻子"。

"江户的狂歌[1]师。吉原大文字屋文楼之侄女，加保茶元成之妻，因吟咏狂歌'萧瑟寒风报晚秋，桐叶飘零封文月'而得名，还擅长和歌……什么呀，太没意思了。"

他不谙这首狂歌的意思，只是在寂寞的旅途中，无聊之余而学会的。他回到二楼房间，迎面扑来一阵女人化妆品的芳香。化妆台旁的纸篓里，扔了几绺脱落的头发。

"啊！脱落了这么多吗？太可怜了。"

他把脱发捡起来瞅了瞅，心想，夫人大概也会为自己的脱发而感到吃惊吧。他边盯着边将脱发绕在指头上，头发绕成小小的圈。

他走到阳台上，夫人的汽车在一条白花花的路上奔驰而去。他闭

---

[1] 在平安、镰仓、室町时代，尤其是在江户初期流行的一种诙谐的短歌。

卜右眼,将脱发绕成的圈且作眼镜,放在左眼上,然后眯缝着眼睛,追寻着远去的汽车。他觉得夫人的车好像是金属制的假花或玩具。他高兴得简直像个小孩儿。脱发当然有一股味儿,主人肯定很长时间没有洗头了。这是一种辛劳的气味。他感到惊愕:是不是已经到了抱着她的头,也会感到她的头发凉飕飕的季节呢?

他和这位夫人的关系,只不过是将房间借给夫人半个钟头而已。她的丈夫患肺病,迁居到这家饭店里。丈夫夸耀自己的精神力量强大,不时说自己要靠信念去征服病魔,却一刻也不让夫人离开他的身边。在丈夫临终前两三天,夫人为了准备后事,不得不回东京的家一趟。可能是要解决钱或麻烦的问题吧。所以夫人将准备更换的衣衫悄悄地拿到他的房间里,梳妆打扮完毕,从饭店里溜了出去。

出于这个缘故,夫人总是穿着白色罩衣,愁眉苦脸地走在饭店的廊道上。这家豪华的饭店,冬夏两季西方的顾客盈门,热闹异常。在这样的饭店里,她这身家庭服饰的打扮,使他感到一种沁入肺腑的美。诚然是"秋风中的妻子"。

汽车在海角远方消失了。

"妈咪,妈咪!"一个四五岁的英国孩童一边用清脆的声音呼唤,一边跑到草坪上。母亲牵着两只哈巴狗随后跟了上来。那孩子的纯真甜美,使他确信画上画的天使并非虚构。干枯的草坪上,还残留着些许草绿,反而让人感到像修女全部外出的修道院一样宁静。小狗和孩童跌跌撞撞地跑到松林里去了。他上次来，这片松林的上方可以望及的海，恍如一条蓝色的丝带。如今仅相隔两年，竟看不见了。莫非是松树枝梢伸展了？从看不见的海的远方，天空骤然阴沉下来。他刚要走进房间，远处传来了舞曲声，原来是喝茶的时间到了。

然而，没有一个房客来喝茶。大厅里已经灯火通明，透过窗口，只见饭店经理和女领班模样的女人在跳华尔兹，仅此一对而已。这胖女人穿着西服，腰身很不适体。这是非常乏味的舞。

离开了阳台，他躺在床上，曲肱为枕，就这样进入了梦乡。一觉醒来，忽听后院传来了秋风扫落叶的沙沙声，玻璃窗咯咯作响，这是秋天台风的前兆。

"病人怎么样了？夫人回来了吗？"他心绪不安，本想给账房打电话探询，却又觉得仿佛有双眼睛从深秋的远处盯着自己，一股抵触的情绪蓦然涌上心头，对夫人的爱慕也就越发强烈了。

爱犬安产

自古以来孕妇怀胎五个月时，于戌日就系保胎带。人们如此相信狗之易产。[1] 我自己曾好几次充当狗的接生婆。新的生命诞生是件好事。生产和饲育狗崽，这是养犬者莫大的喜事。可是，去年竟接连两次遭遇狗的难产，我尝到了苦头。

硬毛猎狐梗和柯利牧羊犬都是初产。硬毛猎狐梗下的第三只狗崽在产道里窒息了，第四只狗崽是兽医用钳子把它夹出来的。不过，先下的两只狗崽和母狗得救了。难以对付的是柯利牧羊犬。预产期都过了一周、十天，还生不下来。在狗来说，这是罕见的。总想着今晚可能会生吧，可能今晚吧，我无法成眠。请来了两个兽医，连我的朋友妇产科医生（给人看病的）也请来了。狗崽是活着还是死了呢？动手术后是好还是坏呢？议论纷纷，最后还是施行剖腹产手术。从手术过程来看，母狗挺好的，可是当天夜里它就死了。一胎七只狗崽中有一半在胎中腐烂了。

难产带来了两项损害，如果以金钱来计算，粗算也在千元以上。这另当别论，这只柯利母狗，连姿态都颇似撒娇的女孩子，它总陪伴

---

[1] 戌为地支的第十一位，属狗。且日文中"戌"与"狗"发音相同。

在彻夜执笔的我身旁,把脸蹭在我膝上。我上厕所,它也尾随着来。因此,它死了我感到很寂寞,于是迁居到樱木町的家来。尽管如此,对比一下人的妇产科显著发达,就知道犬的产科太靠不住了。对于贵重犬的难产,希望人的产科医生也来会诊才好。

却说硬毛猎狐梗这次产崽是第二回。从深夜十一点开始,凭它挠动产箱的稻草那副样子来看,就知道今晚它大概将下崽了。我给母狗喂了充足的蛋黄和麦片粥,并准备齐全助产用具,诸如脱脂棉、小剪子、细三弦线、酒精等。产箱就放置在我的办公桌旁。唯有今晚,妻子也穿着和服在我后面的被炉边打盹儿。因为这只狗总尾随在她的身后,她看不见它的话,一刻也踏实不下来。

果然,它从产箱里满不在乎地走出来,到了妻子的枕边,在妻子肩膀附近的被炉上团团转,似乎是想在那里下崽。妻子不知道,她睡着了。不久,它的呼吸变得粗了,一边转动身子,一边呻吟。而且明明犯困,却睡不着,大概是腹痛吧。它不时打着哈欠,现出怪样子来。我一边阅读丹羽文雄的处女作《香鱼》,一边等待着。

凌晨三点过后,终于来真的阵痛了。我检查了一下产道,觉得是时候了,就将它移到产箱里。它腹部朝天,憋足气使劲,这时候破水了,它舔着产箱底。不大一会儿,我无意中一瞧,它生产了。是四点整。

"喂,生了,生了,起来吧,它生了。"

妻子猛然坐起身来,可是她看见血,手指尖就发颤,显得惊慌万状。它是个胎包,像软乎乎的腊肠,又像胶皮气球。我习惯了,便用夹子捅破胞衣,把狗崽取了出来。

当然母狗也拼命舔,试图把它咬破。狗崽浑身湿透,不一会儿它"噗"的一声张开嘴,动了起来。我用剪子剪了它的脐带,本想用线缝上后再剪掉,可又嫌麻烦,所以就这么剪掉了。只是先破胞衣后剪脐带,这顺序并没有错。然后,我把胎盘裹在脱脂棉里丢掉了。这是母犬要吃的东西。有两种说法:一说如果让它吃胎盘,会伤它的肠胃;一说让它吃了,奶水会下得好。下几头崽就有几个胎盘,让它吃其中一两个大概是可以的吧。母狗舔遍狗崽,狗崽仿佛从母犬的舌头那里获得了神秘的生命力,眼看着健康起来,已经开始爬行了。它寻找母犬的乳房。母犬把污秽物也给舔掉,忙得不亦乐乎。我也用脱脂棉给狗崽和母犬揩去它们身上的污秽。

"总之,这一只总算活下来了。毛真是好模样。但是,总觉得它个头小了点啊。"我说着松了口气,揩去手上的血。

妻子把产箱盖上,说:

"小些好呀,比先前那些大的好下崽。肚子里还有很多吧?我总觉得害怕,不敢去碰它。这只狗崽一点也没吸到奶嘛,不是吗?"

她把它端在掌上,看看它的肚子,这只狗崽是雌性的。

过了不大一会儿,到了四点四十分,第二只狗崽有点堵塞产道,不过比第一只大,是只雄性的,很有精神,拦腰分为两种颜色,头部偏白色，有点招人讨厌。妻子把濡湿的狗崽抱在怀里，用她的体温暖和它，并一边用脱脂棉给它揩拭，一边像是安慰母犬似的说：

"已经成活两个了，可以了。同上次一样。"

过程不到十分钟，第三只狗崽顺利地产了出来。偏黑，像戴上假面似的，这也是只雄性的。这只的胎盘让母犬吃了。好不容易把狗崽揩拭干了，可它还是向产道那边爬去，身子又濡湿了，头部沾满了血。妻子依次把它们搂在怀里暖和，她已经忘却起初的害怕了。

"真讨厌，好像在怀里的什么地方吸，挺痛的。"

再说，尽管母犬绝对信任妻子，可是怀里的狗崽在哭，它很奇怪似的，忽左忽右地歪着脑袋仰望。这时，旁边有个东西在不停地叫唤：

"呼，呱呱呱……"

原来是猫头鹰在叫。这只鸟仿佛极其不可思议地跷起脚，望着母犬产崽的模样，听狗崽的哭声。它岂止歪着脑袋，还围着产箱团团转，一味地盯着呢。

"哦，你也在呀，我全给忘了。"

我说着站起身来，给它喂了结草虫。

第四只狗崽五点二十分产了下来，还是雄性的。妻子说，还有。六时，我让母犬站立，检查了一下，肚子里已经空荡荡，令人感到它很简单地就产崽了。母犬呼噜呼噜地吃着蛋黄和麦片粥，还喝了清水。狗崽的小脚掌和嘴呈现纯洁的血色，幼嫩矫健。鼻头呈微黑。完成任务的我，揩去手上沾的黏液，阅读晨报，想着去旅行的事。妻子却一如既往，一边摩挲母犬的侧腹，一边说：

"太好了。啊！太好了。狗崽睡得真香呀。"

她还历数了我的旧友的名字，诸如石滨金作、铃木彦次郎、尾崎士郎、武田麟太郎等。她说今后要依次去看看他们的还没见过面的婴儿。她想更换一下狗窝铺垫的干草，便打开了木板套窗，暖和的朝阳洒满了房间。一月十八日。

十七岁

应妹妹之邀,姐姐也到寺庙的庭院去逛游,说是银杏都掉落下来了。到了寺庙,看见银杏树荫下的地藏菩萨堂前张贴着一张告示,上面写着"此处不许玩耍"几个字。仔细地看,这些黑字旁边,写上了浅淡的三个铅笔字——"不愿意"。

这是孩子的字迹。

姐姐知道是妹妹写的以后,赶紧把妹妹带回家里去。到了家里,妹妹受到责备,她也害怕,再也不敢到寺庙的庭院去了。

但是,打那以后,"不愿意"就成了妹妹的爱称,遇上什么不顺利的事,妹妹一不愿回答,姐姐便从旁说声:"不愿意。"妹妹生气了。在类似的情况下,连母亲也是如此心直口快地逗着妹妹说:"不愿意。"而且说得很有节奏,轻柔而天真。吩咐妹妹做事的时候,也是用这样的语调。

最后就这样将妹妹叫作"不愿意"。

妹妹住院,回忆起约莫十年前的这些往事,给姐姐写信时就想署名"不愿意"。她高兴地削了铅笔。铅笔芯"啪"的一声断了,被风刮跑了,她再削。这时她的眼睛里隐隐约约地闪烁着什么东西。不是在眼帘里,而是在白床单上移动着一粒黑色的米粒般大小的东西。

"哎呀，真讨厌！"

原来不是削断的铅笔芯，是比铅笔芯还小的蚂蚁在搬运铅笔芯。妹妹抽冷子拍了拍床单。蚂蚁连同铅笔芯一起蹦起来，而后抱着铅笔芯掉落下来了。妹妹觉得很有趣，又拍了一下，它们比先前蹦得更高，蚂蚁还是抱着铅笔芯。她震惊不已，直勾勾地凝望着蚂蚁。是一只颜色很淡的蚂蚁。

妹妹发现是铅笔芯，就寻觅掉落在什么地方。即使在这时候，蚂蚁照样认真地移动着。蚂蚁的细脚不停地迅速移动，不时又忽然停顿下来。移动的节奏犹如电动玩具似的。妹妹凝视着它，自己仿佛也变成一只躯体渺小的蚂蚁，感到床单之宽阔。白色的布像雪原，又像冰原。心头不禁生起一阵悲凉。

自生病以来，有时对一些细琐的事，她的感情也很脆弱。这种感伤充满了稚气，每每容易使她回忆起童年的往事。察觉到时，她就感到某种不安，仿佛已不知道自己的年龄，失去了年龄的依据。直到十七岁的今年，她也从未认真地考虑过自己的年龄。头一次考虑年龄的时候，她就害怕，害怕自己是不是不会长大。

有一回夜半时分，妹妹感到仿佛独自被弃置在时间以外。母亲来探视的时候，若无其事地说：

"昨夜走到庭院，只见夜露早已落在咸梅干上啦。"

这样一句话，竟莫名地压在妹妹的心头上。

"哎哟，夜露落在咸梅干上啦。"母亲在庭院里嘟哝了一句，最小的妹妹"哎呀"喊了一声，急忙站立起来，这当儿，她把蚊香给踢翻了。小妹妹就地蹲下来，用手一捏，蚊香散成灰了。她专心地把灰捡了起来。

据母亲说，小妹妹也会那样做了。过后，妹妹回忆起来，不仅是年幼的妹妹拾灰的姿态，甚至连被夜露打过的咸梅干也浮现在她的眼前。她感受到这是夜阑人静的城市。

"大家都入睡了，大家都很喜欢你。"

她稍稍伸展双手，做出一个拥抱的样子。

"让我休息吧！"妹妹说着，眼泪夺眶而出。战争期间，能让自己这样作为病人住院疗养，确是应该谢天谢地的。自己的身体什么也干不了，盼只盼能成为一个好人。

如今，发泄了同蚂蚁玩耍般的稚气之后，她涌上一阵莫名的悲伤，这时她自己的脚下仿佛在年龄的台阶上踩空了，于是闭上眼睛，躺了下来。她想对蚂蚁说，把铅笔芯什么的搬走吧。然而话未出口，自己已经先感到寂寞了。

这时，姐姐探视来了，妹妹心情愉快地坐了起来。

"现在我正给姐姐写信呢。"

"是吗？让我看看。"姐姐把手伸出来，妹妹却摇摇头，将信藏在枕头底下。

"真是个孩子啊，可不能因为生病就撒娇呀！"姐姐定睛望着妹妹，呆滞的眼睛里露出了妊娠的疲惫神色，不过只是一瞬间。她旋即在妹妹的床上把手提袋打开，说："这是姐夫的照片，叫'孩子他妈来信了'。"

这是姐夫站在中式房子墙根前拍的一张照片，技术并不高明，照片下方写着这样一行字：

"孩子他妈来信了！"

姐姐把脸贴在已经递给妹妹的照片上。

"孩子他妈就是指我啊！一说孩子他妈，就像安置了什么东西似的，泛起一种无以名状的感觉。不过，听说军人都是那样子。"说着，姐姐把视线移开了。她的肩膀触到妹妹，妹妹的心已经许久没有这样扑通扑通地跳动过了，这种心绪直接传染给了姐姐。姐姐寻思：怎么回事呢？

姐姐忽然站起来，走到不远的椅子上坐下。她挂着一副像是办完了什么事的脸，望着妹妹。妹妹察觉，是不是姐姐以为自己一味低头难过，正在休息呢？姐姐等待妹妹仰脸，而后把一个大包袱放在膝上。

"猜猜这些是什么？我对妈妈说了，到孩子出世之前，大概回不了娘家，于是把这些都要来了，是给我的。"姐姐说罢，慢悠悠地把扣子解开。

"这个，还记得吧？"

"哟！"

那是四岁就夭折的大姐的好衣裳。

"本来打算出嫁时带走的，可一到出嫁就说不出口。这回为了孩子，好说了。心情同以前不一样啊！"

包袱内装有红白的飞鹤图窄袖便服、红地绣金菊花纹的儿童外罩坎肩、紫地染白牡丹的圆领短和服罩衣、绯红绉绸和服长衬衣等。妹妹一目了然。

小时候姐姐和妹妹都不知道自己还有个大姐姐。每年为了防虫晾晒衣物的时候，一看到这些好衣服，姐姐心里就想：也许是自己穿过的吧？她没有产生一点怀疑，虽然不记得自己穿过。大姐的事，是后来从伯母那儿听说的。姐姐佯装不知道父母悲伤的秘密，她已经到重视父母的年龄了。她后悔听了这件事，发誓绝对不向任何人透露，然而她却悄悄地告诉了妹妹，制造了一个感伤的同类。

当然，不觉间，在家中大姐的死已并非秘密了。不过，至今姑娘们对这件事还是难以启齿。对姐姐和妹妹来说，大姐幼年的好衣服都是贵重的东西。

"不知是生男还是生女呢？"妹妹说。

"好像是女孩。"姐姐干脆地说，"妈妈也说，看我的样子，恐怕也是生女的吧，咱家爱生女孩儿。"

"让孩子穿死人的衣服好吗？"

"无所谓,现在哪能那么讲究呢。要是外人的或许不好,不过……"

"如今这样的好衣服是很醒目的。"妹妹刚脱口说出,就觉得自己对十分珍惜这些衣物的姐姐有点忌妒,不由得震惊万分。

"姐姐,你分娩也不回来吗?"

"嗯,不打算回来。因为孩子爷爷不在家,还是不回来好。"姐姐笑了,可又想起什么似的说,"我们还没问过死去的大姐的名字吧?我要是生女孩儿,就佯装不知,给她起个大姐的名字,叫爸爸妈妈吃惊。我曾对你谈过这种想法,你还记得吗?但问过也好,本来就不该以这种少女的感伤来给孩子起名字嘛。我要让他在战地上给孩子起个名字。这是我作为一个女人的心情,不能冒犯孩子的名字。"

妹妹点了点头。

"下回,也许我会让婴儿穿着这些衣裳来呢。你要好生注意身体啊!记得妈妈说过,让外孙女穿上,干净利落,孩子一定会很健壮的。妈妈想得真多,确实令人感激啊!"

妹妹泪如泉涌,用双手捂住了脸颊。姐姐连忙安慰她,把她的激动归于生病的缘故。妹妹显得格外沉着,只感到是一种爱抚,是一阵清爽。

然而,随着心灵的净化,妹妹尚有难忍的悲伤,那是爱的痛苦的折磨,即别人一点也不理解自己。连母亲和姐姐也如此,即使自己想拥抱母亲和姐姐的生活方式,可没等手够着她们,自己就"吧嗒"一声先倒下了,反而还要像孩子似的被她们拥抱起来。连姐姐也不理解自己啊!

她这颗激动的心,似乎可以飞上苍天。她相信,神一定会保佑姐夫和即将诞生的婴儿的。她向远方合掌祷告的时候,是活生生的,是激动的。

裙带菜

医院夜来早,九点半就已鸦雀无声。夜间最易感受到,连药味都变成了春天的气息。今天值夜班,白天外出。想起电车上的事,就忍俊不禁,独自一人也有些倦怠了。

电车厢里,有的人把写着"各中学送货人"这样的帽子的纸袋放在膝上;也有的母亲带着孩子来乘车,母亲走进车厢里坐下,头戴新制帽的男孩腼腆地站在乘务员身旁。

一个女人专心地把废丝线解开。这是一小团缠绕着红线和像是浅蓝线又像是灰线的废线团。她用双手的手指轻轻地理开,找到线头拉出来,在左手小指卷上旧明信片做缠线板,把线绕在上面。红线绕在小指根,浅蓝线绕在小指尖,边拆边绕,边绕边拆,相当灵巧熟练,连纠缠在一起的线也都很麻利地理开,简直不可思议。看着不觉得是一种烦人的工作。进展顺利的时候,线团直落到膝上舞蹈着。有时绕着的线很短,线团也掉落下来。但是,女人仍然专心地干个不停。线和小指看上去活像是一件东西。

为了弯弯腰轻松一下,女人很自然地将两条腿伸直,我也不自觉地采取了这种姿势,舒快地凝望着这般情景。

眼下,大概是线的供应紧张,连废线都拿出来了。早先她可能是将毛线团放在膝上编织衣物的吧。不,战前这女人肯定就是这种人。她的眼睛垂下时,眼梢有点上翘,是一副紧绷绷的面孔。下车时,她匆匆地把废线绕成一团,揣在和服的袖袋里,露出一副略带疲惫的神情,站起身来。这种常见的女人,已是四十开外了。

在医院值夜班的时候,我蓦然想起那情景,仿佛让人看到女人的幸福。当时的心绪不知是怎么回事,虽然觉着可笑,但还是很快乐的。我从容地给老家写一封信。

"对不起。来了个食道有异物的病人,请打开透视室吧。我已经叫技师来了。"耳鼻科护士走了进来,冷不防地说道。

"是。"

"拜托了。"这回她把声音压低,迈近一步,不由得靠边站着。

我拿着钥匙走了过去。廊道上的电灯昏昏暗暗的。

打开了透视室沉甸甸的门,机械从黑暗中异样地浮现出来。用手摸索着打开了电灯。马上传来了脚步声,透视技师、医师和抱着一个约莫三岁小男孩的护士走过来。患者就是这个小男孩。男孩的双亲也跟着来了。

"请给他做透视,拍张片子。"医师对技师说。

我随在技师之后走进室内,从技师身旁擦过,落下黑幕,一切准备停当。

技师一边对准透视仪器,一边问道:"他吞了什么东西?"

"据说是围棋子儿。"医师答道。

"围棋子儿,哦?"

技师稍转过头来,望了望男孩,仿佛要改变他印象中这孩子的年龄似的,而后又嘟哝了一句:

"孩子大概以为是点心吧?"

谁也没有笑。母亲更是手足无措了。

"不,不是这样。围棋子儿,每天……已经……喏,小家伙……孩子他爸,你在孩子身旁,怎么就不晓得呢?"

父亲哭丧着脸,沉默不语。

孩子若无其事,护士给他脱衣服的时候,他却说:"没吞、没吞,我说没吞嘛!"他伸开双手,冲母亲的方向挥来挥去。护士好不容易才把他的衣服脱光,将他放在透视台上。

"好了。"响了这声信号,室内变得一片漆黑。机械声吱吱作响,荧光屏上显示出可爱的骨骼。

孩子的身体被放在凉飕飕的板上,他哭闹着、挣扎着,护士从两边把他抓住。医师一边调整光圈,一边注视着荧光屏。

"噢!"医师喊了一声。

护士们听见这喊声也都瞧了瞧荧光屏。一粒围棋子儿卡在食道上。

当场给病人拍下了一张 X 光片,旋即将病人送进了手术室,并施以乙醚麻醉。男孩赤身裸体地躺在强度照明下的白晃晃的房间里,用手触摸一下，就会被他吸引住似的，变得十分可爱。

护士望着挂上额带镜的医师手中细长的器具，嘟哝了一句"瞧这小口"，就扒开了男孩的嘴。

医师把器具插入男孩的咽喉深处探查，总是难以把围棋子儿取出来。护士凝望了两三回医师的手法，都非常担心。

"不行啊！"医师捯了捯手中的器具，再试了试，依然取不出来。

"真不好办啊！干脆把医疗部的一粒围棋子儿拿来变变魔术，说声'喏，取出来了'，不就对付过去了吗？"当班的医生一边开玩笑，一边直率地叹了口气。

"魔术能叫他吃饭吗？"一个年长的护士用生气的口吻说。

"到那时，再请别的医生给取出来呗。"另一个护士直截了当地说。

护士们相互轻蔑地一笑。真令人焦急啊。

医师又重新操起器具说：

"到底是粒难办的棋子儿啊！"

话音刚落，护士们都探过身来。大家都不由自主地张开了嘴，在众目之下，一粒棋子儿"吧嗒"一声出来了。

"原来就是它。"

医师扔下手中的器具，用纱布把棋子儿捏起来。护士们也松开了抓紧小男孩的手，钦佩地望着这粒滑溜的脏棋子儿。

"哎哟，哟。"

"嘿。"

"小孩醒过来了。"医师说。

"是,是。"耳鼻科护士兴高采烈地说,"哦,来呀!"

她刚想抱起孩子,有人从旁边伸过手来说:"等等,让我来抱。"

耳鼻科护士说:"哎哟,多滑头,高兴啰。"

男孩愣住了。一被抱起来,他就哭丧着脸。

"好了,好了。已经完事了。"护士抱着孩子摇了摇,刚要迈步,闻讯赶来的母亲一个箭步跑了过来,护士马上将孩子交到母亲的手里。

"谢谢。真不知该怎么谢谢你们才好。啊,太好了。痛吗?不痛吧。"

"就是这个。"医师说着,让孩子的父亲看了看棋子儿。

"嚯!"父亲伸出手来,医师却忘了把棋子儿交给他,他只好一边望着一边说,"的确是春宵一石值千金啊!"

"把这个洗洗再给他吧。"医师吩咐护士说。

"不,不用,这样就行。嗯,是黑子儿。怎么说呢。也许是黑子儿好啊。要是白子儿,滑溜溜的更难夹住啦。"

这句话,似乎触怒了医师。

"这么说,您是执黑子儿啰?"

"误诊,误诊,是死子儿,被吃掉的子儿啊。"

"哦,是吗。"医师不禁苦笑起来。

父亲让孩子看了看棋子儿，正经八百地说：

"危险呀，孩子。以后别再摸这玩意儿啰。"

孩子的父亲同客人下棋着了迷，连孩子把棋子儿吞下去都不知道，这才更危险呢。这个风度翩翩的父亲变得滑稽可笑了。

折回廊道上，护士们一副兴高采烈的样子。

回到值班室，我坐在椅子上，便想起把信继续写下去，于是稍事闭目养神。

"是海滨，涨潮啦。"[1] 听见孩子父亲这么说，仿佛眼前望见家乡的海滨。已时近晾晒裙带菜的季节了。

穿过后院的甘薯地，打开高高的竹篱笆的小门，就能看见碧蓝的海。黎明时分，能看见金黄色的沙滩。

他钻出小门，脚踩进深深的沙丘。为了不踩踏篱天剑草，他蒙上手巾，走进小屋里，把草席拿了出来，不歇手地把草席摊开。

连竹针都备齐了。他坐在自己选好的地方，同海滨上的人们聊天，等待着满载而归的舟船。

船儿一抵达被海水侵蚀过的海岸线，人们都站立起来，手持菜篮子赶上前去。

今天的菜篮子里也装满了滑溜肉厚的茶色裙带菜。一株株地拿出

---

[1] 日语中"死子儿"和"海滨"发音相同，"被吃掉的子儿"与"涨潮"发音相近。

来，用拇指把根部掐掉，均匀地摊开。

今年晾晒裙带菜的季节，真想回家乡去看看啊。不过，这之前还得先到野战医院去一趟。

国家的报纸刊登了这样一则新闻：乡村战士很喜欢新裙带菜制成的慰问品。

倘使到战地去，就请家里把裙带菜寄来，把它制成美味可口的家乡风味菜肴，再叙谈叙谈日本海岸的春天景色，让伤病员尝尝吧。今天也是个好日子。

布头

没想到现在要将十三四岁穿过的贴身衬衫拆了,重新缝制。

前几天拾掇冬天衣物的时候,在旧衣橱底找出来的衣服,领口和其他地方都很窄,不合适,美也子当场轻快地把它拆洗了。

而且,昨天她还把拆洗的布头熨了熨,又量了量尺寸。衣服前后身还合适,只要设法把袖子拼出来就可以凑合穿了,袖宽差一寸。

袖子要在从袖根算起约三分之一的地方接合。她刚把袖口拆开,便自语了一句:"哟,已经留了富余的窝边啦。"她想起穿这件贴身衬衫的那一年,正好举家迁到东京来。

母亲指点她说,在袖口处留出一分的地方缝上窝边布,这大体上是关西式的缝法;把毛边翻在里面,或相反缝在正面,这是关东式的缝法。这是很久以后的事了。母亲还说,关西式的缝法比较经济,但是,美也子是年轻人,要外出,所以……

打那以后,美也子观察着母亲的各种生活方式,她觉得都是关西式的。母亲身上具有一种古典的女性美,性格温柔而细致。

袖口的红色里布都已褪色,但还保留着令人怀念的薄毛呢的颜色。正面的薄毛呢也印着可爱的山水花鸟图。衣服的前后身是带红黄的方格子,作为法兰绒来说,花样是极其一般的。一下水,毛呢就发硬,质地却很结实。现在看来，不论是毛呢还是法兰绒，都是很新奇的东西，使人有一种暖和感。她想用原来的布料做袖子。

袖口处不论表里，都要缝接上。美也子心想，干脆用法兰绒缝接口处吧。于是她把装着布头的盒子拿了出来。虽是男服店的盒子，却贴着彩色的花纹纸。这样一来，女学生时代的美也子觉得仿佛成了自己的东西。她从这盒子里抽出一堆布头，几乎把自己的膝头都盖住了，然后把布头摊开。裁剪西服剩下的布头，比裁剪和服剩下的多得多，她没有找到缝接法兰绒袖子的布头。

没有找到，美也子一点也不发愁，再说也不那么急于找到。她只是带着一筹莫展的神情，悠闲地静坐在那里。

当然，一块块布头都带有姑娘的回忆，可她也不是要泛起那一个个回忆，而是总觉得这段时间很平静。一块块布头都勃勃有生气，仿佛使美也子也变得明朗快活起来了。

美也子想起一个关西朋友来。这少女的家人把她出生以来的全部布头都张贴成册，好像一本相册。按照缝制衣服的顺序张贴，逐一标上年月日。她把这本东西让美也子观看的时候，美也子又惊讶又羡慕，觉得这美丽的少女长得如花似玉，光彩照人。她母亲讲究衣着，也是用这种办法搜集了许多古代布片。美也子回到家里，把这件事告诉了母亲，母亲也非常钦佩地说，对一个女孩子来说，这也许是比照片更好的纪念，长大再看看这些东西，会有多么高兴啊。

"这着实没想到。即使想到，也办不到。要是把美也子的布头也存放起来就好啰。"

"美也子要这样做，从现在开始也可以嘛。以前的布头恐怕还有吧？"

在旁倾听的父亲脱口而出似的说道：

"何苦呢。这不是平民百姓该做的事。"

母亲惊愕地望了望父亲，默不作声了。父亲又说：

"哎，这样的孩子不容易养大哟。"

当时，美也子不知道父亲为什么生气，现在多少懂得一点了。父亲似乎是说，不应沉湎在回忆里。对过去的事，不要再牵挂，不要再捕捉。更重要的是，美也子的布头里没有缠着任何一丝阴影。尽管平凡，但净是纯洁而幸福的回忆。在那友人的美丽的布头里，也许记录了那孩子和她母亲的屈辱和不幸。她们是不是很珍惜这份悲伤呢？

"哦，哦。"母亲瞟了父亲一眼就站立起来，美也子也绯红了脸儿。

"要把那件贴身衬衫拆了重缝吗？了不起啊。对了，袖子呢？总有布头可以接的吧？请把我那只旧藤箱拿出来。"

美也子把旧藤箱抱了出来，"咚"的一声放在母亲的膝前。母亲将藤箱盖打开，把整整齐齐地摞成一沓的布头，就像点钞票似的，麻利地翻了起来。

"来，这个做袖口。来，这个做里子。"说着，母亲将带小菊花纹的薄毛呢和红布片抽了出来。美也子看得入迷，终于笑了。

"有什么可笑的？"

"嗯，没什么。看到妈妈翻找的情景，我总觉得这只藤箱仿佛什么都可以变出来似的。"

"因为够年头儿了啊。"

母亲久久地望着用尺子量布头的女儿，漫不经心地说：

"现在美也子还给田山去信吗？"

"是啊。一个月大概去一封吧。"美也子回答的数字，实际上已减去了三分之二。

"分别的时间真长啊！"

"是啊，四年了。"

美也子不禁忧心忡忡，本想张口问母亲什么，可又低下头来。

"从美也子穿不了这件贴身衬衫的时候起，战争就连绵不断啊。"

"是啊。"

"美也子就是在战争中长成大姑娘的啊。"

"尽管如此，还是个懦弱的人。"

"发生了许多我们年轻时代连想也没有想过的事啊。"说着，母亲走出了房间。

一想到果真是在战争中长成大姑娘的，美也子就觉得心弦绷得紧紧的。她瞪大眼睛，抬头望了望苍穹，想起了现在这年龄的姑娘热烈燃烧着的命运。

美也子又拿起了缝针。在贴身衬衫的旧布头上,她又感受到了新鲜的爱情。她产生了一种不可思议的感觉,仿佛战争的岁月就在衣橱底耐心地等待着她似的。

她刚缝上一只袖子,伯母来了。同时还传来了男人沉重的皮鞋声。美也子还来不及站起身子,母亲已经走到大门口了。

母亲将客人领了进来,经过美也子的房间时,没有扬声。美也子有点纳闷。过了不一会儿,她房间的隔扇门打开了一条小缝,母亲自语似的说:"对岛村伯母也真难办啊。"接着又说了一句:"我给他们上茶,你准备一下。"

母亲说罢,很不平静似的折回了客厅。

美也子心想,大概是来攀亲的吧。她深感不安,把茶备好后,若无其事地向大门走去。大门口摆着一双军官的长筒靴子。正门的铺板上放着一顶帽子。美也子刚想把手伸过去,可又有点踌躇,最后还是悄悄地把帽子拿起来,挂在衣帽架上。然后折回房间,刚拿起针线,觉得手腕有点僵硬,微微颤抖起来。

"美也子,来给伯母请安。"母亲在走廊上呼唤了一声。

伯母将大泽中尉给美也子介绍过后,一边似看非看地望着美也子,一边独自说开了。

"喂,美也子,大泽先生就要回去了,对不起,请你将他送到车站吧。"母亲硬性地吩咐了一句。

"是。"

美也子一惊,立即站起身子,旋即又跪坐下来。母亲一边用眼神示意,一边先走到了走廊上。

"田山的事,我已经谈过了。美也子去送送他吧,免得失礼。"母亲小声说。

美也子忽然感到眼睛热乎乎的,心头涌上了一股纯朴的感情。

走出大门七八步远的地方,大泽中尉停住了脚步。

"请留步,告辞了。"

"不,送您到车站去。"

这时候,美也子才望了望大泽中尉的脸。

中尉想了想,就干脆地说:

"是吗?那么就劳驾了。"

中尉边走边告诉她:他带着公务回来两周,然后重返战场,岛村伯母说,倘使结婚就趁现在……

"就这样,我被岛村伯母拉来了。使你出乎意料,太失礼了,请你原谅。岛村伯母特别喜欢你,说你是个非常好的姑娘。果然是这样啊!"

美也子什么话也说不出来,心中泛起一股似是纯洁的悲伤,也似是一种明朗而安详的情绪。她的脑海里浮现出田山的姿影。

"谢谢你相送。"

在检票口,大泽中尉敬了个有力的礼。

"祝你健康!"

啊,他望着我!美也子好像忽然被吸引过去,不知所措,眼泪快要夺眶而出。那是一双同田山一样的眼睛。莫非远去的男人都有一双同样的眼睛?

美也子和田山没有立下什么海誓山盟,可是他那双眼睛总是活在美也子的心中,四年来一直抚慰着她迅速成长,这就足够了。美也子不想把大泽的眼睛从自己的心中抹去,也想永生不忘,为他祷告。

娘家

绢子自己回娘家,想起当年嫂子回娘家时的情景。

嫂子生长在山村里,有"吃团子"的风俗习惯。就是每年正月三十一日晚,把出嫁了的姑娘们请回来,让她们品尝红小豆粥煮团子。可能这是留恋昔日的红小豆粥的习俗吧。

"这样的大雪天,还打算回去吗?"母亲说。

她相送背着孩子出门的嫂子,心里有点不乐意。

"回娘家值得这么高兴吗?都有了孩子,还那么孩子气……你嫂子如果不快些适应这个家,可就……"

"不过,就说我吧,即使出嫁了,我也会永远留恋这个家。要是我不盼着回娘家,恐怕妈妈也会很寂寞吧。"绢子说。

战争期间,村里缺少男劳力,嫂子甚至参加了女子流动马耕队,还是个劳动能手呢。她嫁到镇子上来,尽管肉体舒服了,却总觉得生活里缺少了些什么。绢子是同情她的。绢子想象着现在嫂子正在大雪纷扬的山路上艰难地行走、急于回娘家的身影,不禁想呼唤声:"加油啊!"

此后过了四年,绢子回到娘家,嫂子在厨房里干活的声音把她惊醒了。山峦向邻居的白墙逼将过来,回忆又明晰地浮现出来。她对着供奉在佛坛上的亡父的灵位说了一句"我很幸福",就悄悄地噙满了泪水。她要把丈夫唤醒的时候,丈夫依然躺在被窝里,环视了一圈这古色古香的客厅,说:

"啊,是在你家啊。"

早饭前,母亲忙于削苹果和梨子。女婿说:"削得太多了。"

她将削好的苹果和梨子摆在女婿的面前,说:

"来,尽量吃吧。"

同时,她责备盼着快点吃到口的孙儿们。丈夫被三个侄儿和侄女围住了,他当上孩子的姑父了。他那副和蔼可亲的样子,绢子觉得稀奇而快乐。

母亲早已把绢子的婴儿抱到了大门外,向左邻右舍自豪地说:

"瞧,绢子的孩子多胖啊。"

嫂子正要去取哥哥从战场寄回来的信给绢子他们,绢子望着嫂子站立的背影,蓦地想起嫂子的年龄来。她感到嫂子已经完全成为这家的人,并且占有相当的分量,就不禁愕然了。

水

婚后不久,丈夫调到了位于中国兴安岭的气象站工作。妻子最惊讶的是,买一石油桶的水得花七分钱。这是混浊污秽的水。一想到要用它来漱口、淘米,就有点恶心。此后半年时间,洁白的床单、贴身的汗衫完全变成了黄色。而且就在这一年,进入十二月以后,连井底都冻结了似的。苦力不知从哪儿运来了冰块。有时花很长时间将冰块烧成洗澡水。如今已谈不上什么奢侈,只要暖和暖和冻僵了的身躯就算幸运了。于是她想起了在家乡入浴的情景:手持洁白的毛巾,热水没肩,手脚泡在热水中,美极了。如今,这些仿佛是遥远的梦。

"啊,真对不起,府上还有水的话,能不能给我们一点儿……"邻居太太拎着个小茶壶来了。

"很长时间了才把锅刷了刷,太粗心,竟把水用光了。"

没有剩下水,但把泡茶的开水分给了她。

"真盼春天早来,可以把衣服洗个痛快啊。要是能让这些水哗啦啦地流,心情会多舒畅啊!"邻居太太说。这就是来自水源丰沛清澈的祖国的妇女的愿望。多么盼望着冰雪融化成水啊!倘使把这一脸盆水倒掉,土地一定会满心喜悦地把它吸收吧。土地一定会冒出蒲公英的幼芽吧。

让邻居太太洗了个热水澡之后,开往北方边境的火车从山谷爬了上来。这正是新闻报道的时间,她们收听南方的战况。

"真宽阔啊!"泡在澡盆里的邻居太太温和地说。

走出宅邸,只见冰溜从落叶松的小枝上稀稀落落地落了下来,恍如樱树的落花。湛蓝的天空,令人怀念祖国的海。年轻的妻子抬头仰望着苍穹。

石榴

一夜的寒风，石榴树的叶子全落光了。

石榴树下残留一圈泥土，叶子散落在它的周围。

纪美子打开挡雨板，看见石榴树变成光秃秃的，不由得大吃一惊。落叶形成一个漂亮的圆圈，也是不可思议的。因为风把叶子吹落以后，叶子往往都凌乱地散在各处。

树梢上结了好看的石榴。

"妈妈，石榴。"纪美子呼喊母亲。

"真的……忘了。"

母亲只瞧了瞧，又回到厨房里去了。

从"忘了"这句话里，纪美子想起自己家中的寂寞。生活在这里，连檐廊上的石榴也忘了。

那是仅仅半个月以前的事。表亲家的孩子来玩时，很快就注意到了石榴。七岁的男孩莽莽撞撞地爬上了石榴树。纪美子觉得他很生龙活虎，便站在廊道上说：

"再往上爬，有大个的。"

"嗯，有是有，我摘了它，就下不来啦。"

的确，两手拿着石榴是无法从树上下来的。纪美子笑起来了。孩子非常可爱。

孩子到来之前,这家人早已把石榴忘了。而且,直到今早也不曾想起石榴。

孩子来时,石榴还藏在树叶丛里,今早却露出来挂在半空中。

这些石榴和被落叶围在圈中的泥土,都是冷冰冰的。

纪美子走出庭院,用竹竿摘取石榴。

石榴已经熟透,被丰满的子儿胀裂了。放在走廊上,一粒粒的子儿在阳光下闪烁着,亮光透过一粒粒的子儿。

纪美子似乎觉得对不起石榴。

她上了二楼,麻利地做起针线活来。约莫十点,传来了启吉的声音。大概木门是敞着的,他忽然绕到庭院,精神抖擞地快嘴说了起来。

"纪美子,纪美子,阿启来了。"母亲大声喊道。纪美子慌忙把脱了线的针插在针线包上。

"纪美子也说过好多遍,她想在你开拔之前见你一面。不过,她又有点不好意思去见你,而你又总也不来。呀,今天……"母亲说着要留启吉吃午饭,可是启吉似乎很忙。

"真不好办啊……这是我们家的石榴,尝尝吧。"

于是,母亲又呼喊纪美子。

纪美子下楼来了,启吉望眼欲穿似的用目光相迎。纪美子吓得把脚缩了回去。

启吉忽然流露出温情脉脉的眼神,这时他"啊"地喊了一声,石榴掉落下来了。

两人面面相觑,微微一笑。

纪美子意识到彼此正相视而笑时,脸颊发热了。启吉急忙从走廊上站了起来。

"纪美子,注意身体啊。"

"启吉,你更要……"

纪美子话音刚落,只见启吉已转过身去,背向纪美子,同母亲寒暄起来了。

启吉走出庭院以后,纪美子还望着庭院木门那边,目送了一会儿。

"阿启也是急性子。多可惜啊,把这么好吃的石榴……"母亲说罢,伸手把走廊上的石榴捡了起来。

也许是刚才阿启的眼色变得温柔的时候,他不由自主地想把石榴掰成两半,一不小心掉落在地上的吧。石榴没掰开,露子儿的那面朝下掉在地上了。

母亲在厨房里把这石榴洗净,走出来叫了声"纪美子",便递给了她。

"我不要,太脏了。"

纪美子皱起眉头,后退了一步,脸颊忽地变得火辣辣的。她有点张皇失措,便老老实实地接了过来。

启吉好像咬过上半边的石榴子儿。

母亲在场,纪美子如果不吃,更显得不自然了。于是她若无其事地吃了一口。石榴的酸味渗到牙齿里,仿佛还沁人肺腑。纪美子感到一种近似悲哀的喜悦。

母亲对纪美子向来是不关心的,她已经站起来了。

母亲经过梳妆台前,说:"哎哟哟,瞧这头发乱得不像样子。以这副模样目送阿启这个孩子,太不好意思了。"她说罢就在那里坐下来了。

纪美子一声不响地听着梳子拢头的声音。

"你父亲死后,有一段时间……"母亲慢条斯理地说,"我害怕梳头……一梳起来,就不由得发愣。有时忽地觉得你父亲依然等着我梳完头似的。待我意识到时,不觉吓了一跳。"

纪美子想起,母亲经常吃父亲剩下的东西。

她的心头涌上一股说不出的难受。那是一种催人落泪的幸福。

母亲只是觉得可惜而已。刚才也许仅仅是因为可惜,才把石榴给了纪美子吧。或许母亲是过惯了这样的生活,习以为常,不知不觉间就流露出来的吧。

纪美子觉得自己发现了秘密,感到一阵喜悦,可面对母亲,又感到难为情了。

但是,启吉并不知道这些。纪美子对这种分别方式,似乎也感到满意了。她还觉得自己是永远等待着启吉的。

她偷偷地望了望母亲,阳光射在隔着梳妆台的纸拉门上。

对纪美子来说,再去吃放在膝上的石榴,似乎太可怕了。

五角银币

一

母亲月初领到两元零花钱,她照例亲手将五角银币装进了芳子的小钱包。

那时候,五角银币已经很少见了。这些看起来很轻,却很有分量的银币,满满地装在红皮小钱包里,使芳子觉得钱包里面富丽堂皇,洋溢着一种威严的气派。母亲给她五角银币,显然是希望她不要乱花。芳子常常把它装进小钱包,一直放到月底,然后再放在手提包里。

工作单位的同事有时看电影,有时上茶馆。芳子虽然无意排斥这种女孩子式的享受,却把它看作是自己生活以外的东西,从不问津。由于她没有经验,也就感觉不到这种享受有什么诱惑力了。

芳子爱吃咸味长面包。除了每周一次从公司回家时顺便去百货商店,花一角钱买一条这种面包以外,她从来不曾花过什么钱。

有一天,她在三越百货公司文化用品部看见一个玻璃镇纸。那镇纸是六角形,上面雕有一只小狗。这狗太可爱了,她终于伸手拿起镇纸来,看了又看。那种突如其来的凉飕飕、沉甸甸的感觉,使她顿时产生一阵快感。芳子喜欢这种精巧的手工艺品,不由得被它吸引住了。

她把镇纸放在掌心上来回端详,美美地欣赏了一番之后,才依依不舍地把它悄悄放回了原来的盒子里。因为它要四角钱哪。

第二天,她又来了,同样看镇纸看得入了迷。第三天,她又来看了。就这样一连看了十天,她好不容易才下定了决心。

"我要这个。"她说这句话的时候,兴奋极了。

她回到家里,母亲和姐姐揶揄地说:

"买了这个像玩具似的玩意儿啊?"

可是当她们把镇纸拿到手里端详的时候,又不由得说:

"是啊,做得倒是蛮漂亮的。"

"工艺很精巧啊。"

她们还在灯光下欣赏了一阵子。

那磨得光亮的玻璃面和像毛玻璃般朦朦胧胧的浮雕,巧妙地调和起来。六角形的切法也非常精巧,很有特色。在芳子看来,这是一件很精美的艺术品。

花了八天的工夫,芳子才认定这件东西值得成为自己的所有物。谁愿意怎么说都成。不过,得到母亲和姐姐的赞许,她也心满意足了。

为了买一件只值四角钱的东西,她竟花了近十天的时间,这也许会被人耻笑为小题大做。但是,不这样做,芳子就不放心。她从来不只凭一时的冲动,觉得这件东西好,就马马虎虎地把它买下来,而后又吃后悔药。十七岁的芳子下决心买一件东西,本来是不需要花几天时间来仔细观察和考虑的。但是，她脑子里对"金钱是重要的"这一点有深刻的印象，便觉得随便花钱是非常可怕的。

三年过去了，每当大家提到镇纸的事而大笑的时候，母亲总是深沉地说：

"那时候，我觉得她真是可爱啊。"

芳子的所有东西，每一件几乎都有一段插曲，听了会令人发笑。

二

星期天芳子难得陪母亲到三越百货公司去买东西。听人说，购买东西从最高一层楼依次往下走比较方便，她们就乘电梯先到了五楼。

那天买完东西，下到一楼，母亲自然而然地又到了地下室的特价区。

"人那么拥挤，妈，我不想进去了。"芳子喃喃地说。

母亲没听见，她像被特价区那种争先恐后的拥挤气氛吸引住了。

特价区好像是特为让人浪费金钱而设立的。可是，妈妈怎么啦？芳子想看个究竟，便同母亲保持一定距离，跟在后面。这里冷气设备完善，并不那么使人感到闷热。

母亲先买了三本二角五分钱的信笺。她回过头来瞧了瞧芳子，两人都会心地微笑了。近来母亲经常使用芳子的信笺，每次都遭到芳子的抱怨。这下子母亲买了信笺,彼此也将相安无事了。所以两人心照不宣地对视了一下。

出售厨房用品和贴身衬衣的柜台挤得水泄不通。越是这种地方,越能把母亲吸引过去。可是母亲却没有勇气拨开人群。她时而踮着脚探头窥望,时而从前边的人的袖缝中伸过手去摸摸。最后,她一件也没买。她觉得有点不痛快,不甘心似的向出口处迈步走去。就在出口的地方,母亲抓起一把阳伞说:

"哎哟,这把伞只卖九角五分啊?"

母亲在一撂阳伞中挑来拣去,每一把都标上了九角五分的价目,她大吃一惊。

"真便宜呀,芳子。这不是很便宜吗?"

她马上变得神采飞扬,刚才那种烦闷、犹疑、依依不舍的心绪,仿佛找到了发泄的地方。

"真的。"芳子拿起一把看了看。

母亲自己也拿了一把打开来,说:"光买这伞架也划算。伞面嘛,虽是人造丝,也挺结实的,不是吗?"

芳子忽然心想,这么好的东西为什么竟廉价出售呢?于是她心头反而涌起一股莫名其妙的反感,仿佛自己是个残疾人被强迫去购买东西似的。母亲只顾拼命翻找着适合自己年龄的伞,有时还打开看看。芳子等了一会儿,便说:

"妈妈，一般的伞，咱家里有嘛。"

"噢，不过，那把……"母亲说着，只看了芳子一眼，"已经有十年，不，不止，可能有十五年了。都用旧了，而且式样很老。再说，芳子，把这个让给人家，人家准会高兴的。"

"是啊，让给别人那敢情好。"

"无论是谁都会高兴的。"

芳子笑了。母亲大概是给想象中的什么人挑选的吧。她身边没有这样的人啊。要是有，她就不至于说不出具体的名字来了。

"喂，芳子，你觉得怎么样？"

"啊……"

芳子淡淡地应了一声。但她还是走近母亲身边，为母亲挑选合适的伞。

身穿薄人造丝衣裳的妇女们都说便宜，一个个匆匆前来买了就走。

母亲脸部僵硬，双颊发红。芳子觉得母亲很可怜，她对自己的优柔寡断感到有点恼火。

"随便挑一把，快点买算了。"芳子本来想这么说，可她又把身子转了过去。

"芳子，算了，不买了。"

"啊？"

母亲嘴角露出一丝笑意，她像要掸掉什么似的，把手搭在芳子的肩上离开了那里。这会儿，芳子反而好像有点留恋，走了五六步，心情才又爽快起来。

她抓起母亲放在自己肩上的手，紧紧握住绕了一大圈，然后跟母亲肩并肩贴得紧紧的，急匆匆地走出了出口。

这是距今七年前，即昭和十四年的往事了。

三

芳子住在被战火烧过的马口铁临时搭起的小房子里，每逢下雨，她就觉得当时将那把阳伞买下来就好了。芳子忽然想要跟自己的生身母亲开句玩笑："现在买一把得花一二百元呢。"可是，这位母亲早已在神田被烧死了。

那时即使将那把阳伞买下来，恐怕也早被烧掉了吧。

那个玻璃镇纸幸存下来了。在横滨的婆家遭战火洗劫的时候，她拼命地将那里的东西都塞进一只紧急备用袋里，镇纸也夹了进去，这便成了她姑娘时代唯一的纪念品。

从傍晚起，背巷里就传来了附近姑娘们奇妙的声音。据说一夜之间她们就能赚上千元。芳子忽然拿起镇纸——这是她同这些姑娘年龄相仿的时候，迟疑了七八天才花四角钱买下来的——欣赏欣赏刻在上面的那只可爱的小狗。这时她才注意到,在城镇四周的废墟上,连一只狗也没有了。她不禁感到毛骨悚然。

山茶花

战争结束一年多了。今年秋上,在我那个拥有十户人家的邻组[1]里,连续有四户人家生孩子。

四个产妇中,一位年纪最大、最多产的妇女生了一对双胞胎。两个都是女婴,其中一个刚过半个月就夭折了。母亲奶水很多,就给邻居的孩子吃。这户人家上两个是男孩,这回第一次生了女孩。这女孩叫和子,是这户人家托我给起的名字。"和"字作为人名,一般习惯念成KAZU,属于用日本固有语言难念的汉字。我一向避免使用这种烦琐的汉字,也估计到这孩子日后长大会感到麻烦。尽管如此,因为含有和平的意思,我还是起了这个名字。

不仅这对双胞胎是女婴,邻组中几户人家生的五个婴孩中有四个是女婴。这也成了笑柄,说:那大概是新宪法的产物吧。这也给人和平的感觉。

五个婴孩中有四个女婴,这当然是我这个邻组的偶然现象。十户人家生了五个孩子,也未免过多了吧。今年秋天,全国出生了许多婴儿,我们邻组的例子无疑也证明了这点。不用说,这也是和平的结果。

---

[1] 第二次世界大战期间,日本政府为了便于控制居民而建立的一种地区基层组织,以十户左右为一组。

战争期间，出生率是很低的，现在一举上升了。无数的年轻男子都被送回到妻子身边，理所当然会出现这种现象。但是，婴儿出生，不仅是复员军人家庭多，就是丈夫没有当兵的家庭也很多。意料不到连中年人也生了孩子。战争结束后大家安心了，也就诱发了妊娠。

恐怕再没什么比这个现象更现实地显示出和平来。大家都不把日本战败、眼下生活也很艰苦，以及将来人口过多这些问题放在心上，这是最个人、最本能的举动。这像是被堵塞的泉水喷了出来，也像是枯草发芽复苏。倘使把这种现象作为生命的复活、生命的解放而祝福和平的话，那就太好了。也许这只是动物本能的表现，恐怕可以理解为这是招人可怜的一种想法吧。

再说，孩子出生，也会使他们的父母忘却战争中的苦难吧。

然而，对于年过五旬的我来说，纵令战争结束，也不可能再生孩子。战争期间，上年纪的夫妇变得越来越淡漠，即使恢复和平，那种习惯还是改变不了。

从战争中醒悟过来，生命已近垂暮之年。尽管自己也曾想过"哪能呢"，但是战败的悲哀，伴随着身心的衰颓而来。自己生长的国土和时间仿佛都毁灭了。我被寂寞和孤独撑了回来，望着邻组出生的婴儿，感到他们从他界带来了生命的光辉。

这五个婴孩当中，只有一个男婴。生这个男婴的产妇是四个产妇中最年轻的一个。看起来她长得很胖，可是据说骨盆格外狭窄，生产拖得时间很长。做了导尿也还是尿不出来。产后第二天，她起床拔腿走了。消息很快传到了邻组。她虽是头胎，但先前流产过一次。

我家快到十六岁的女儿，对邻组的婴儿很感兴趣。她倒不大顾忌的人家里去看了看，这也成了话题。有一回她在房间里刚在干什么，忽然跑了出去，片刻，看过婴儿后又跑了回来。也许她是忽然想看看吧。

有一天，女儿一进房间就说："爸爸，爸爸，岛村先生说是先头的那个婴儿投胎的……是真的吗？"

女儿说罢，在我面前坐了下来。

"哪有这种事？！"我马上反驳了。

"是吗？"

女儿顿时泄了气。看上去她并没有失望，只是急匆匆地回到家里，透了口气。而我却有点不知如何是好，不由得全部否定了。但是这样做好吗？

"你又去看岛村先生的婴儿了？"我心平气和地问。女儿点了点头。

"那个婴儿那么可爱吗？"

"还不知道可爱不可爱，才生下来不久嘛。"

"是吗？"

"我正在看婴儿的时候，阿姨来了，她说：'芳子，这孩子是先头那个孩子投胎的呀……'阿姨以前曾怀过一个婴儿，她指的是那个胎儿吧？"

"是啊。"我暧昧地回答，可还是倾向于否定，"阿姨可能是那种心情吧。不过，她怎么能知道那种事呢？先前胎儿是男是女都不知道，没生下来嘛。"

"是啊。"女儿淡漠地点了点头。我总有点放心不下，可是女儿似乎不大介意，这次谈话也就这样结束了。当我意识到那是六个月才流产的，或许已经知道是男是女时，就决定不再谈这件事。

然而，岛村夫妇都说是先前的孩子投胎的。不久，这件事又作为邻组的话题传入我的耳朵里。

我不认为这种说法是健康的，否定了女儿的话。可是仔细想想，也并非那样不健康。从前通用过的非病态的感情，也不能说现代已经绝迹。对于先前的胎儿投胎一说，也许岛村夫妇有他人无法体会的实感和确信。对岛村夫妇来说，就是过分的感伤，也成了莫大的慰藉和喜悦，这是毫无疑问的。

先前的胎儿是岛村趁部队转移的时候回家休假三天，妻子才怀孕的。丈夫不在期间，妻子流产了。丈夫复员一年多，就生下了这个婴儿。这对夫妻对失去先前那个胎儿既悲伤又后悔。

我女儿也把先前那个胎儿说成"那个孩子"，仿佛真有其人似的。社会上当然不会承认流产的胎儿是一个人。也许只有岛村夫妇觉得那个孩子在世上待过，一直谈论他。那孩子是个有生命的人吗？我没有什么可说的。他只在母胎中待过，没有接触过人世的光。恐怕他没有像心那样的东西。然而，他同我们大概也只是五十步和百步之差，也许可以说这是最纯真最幸福的生灵，至少是一种想活下去的东西寄生在他的身上。

当然不能承认先前的胎儿和这回生下的婴儿是同一个卵子。连先前的流产和后来的怀孕在生理上或心理上的关系，我们尚且无法正确了解，更何况什么时候什么东西从哪里来投胎呢。那个想活下去的东西，是全然无法把握的。先前胎儿的生命同后来婴儿的生命，是各自独立、迥然不同的，还是包含一切的同一个生命呢？这也不知道。说先前的胎儿是死人托生也是不科学的，只不过是用知识去推断罢了。托生的根据可能没有，但是，非托生的根据恐怕也很难成立。

我对岛村夫妇多少抱有同情。我过去对流产的胎儿毫不关心，而今却逐渐觉得它仿佛是个曾活着的人，也涌上了些许的同情。

岛村的妻子讨厌导尿，产后第二天起床拔腿就走了。这种举动也包含了爱好干净的成分。有时候，我女儿为了商量编织东西和学校的事去他们家里。在她那个东京的亲戚遭受火灾投奔她家以前，她家只有她和从娘家来的母亲两人生活，我女儿去也就方便些。我过去担任邻组的防火队队长，对只有军属孕妇和老母亲两人过日子的人家总是放心不下。

我的邻组里，净是些职工，只有我一个人是白天留在家里的，所以他们硬是让我担任防火队队长。我为人胆小，也无意强人所难，毋宁说也许是适合的人选。我经常通宵读写，值夜班正合适。我一贯采取的方针是，尽可能不去打扰邻组组员的安眠，只是四处巡视灯火，绝不把人家唤醒。我就是这样度过了镰仓的艰苦生活。

梅花绽开时节，夜晚岛村家厨房的灯火流泻了出来。我抓住后栅门，一只脚刚要迈出去的当儿，却把手杖掉落在篱笆的内侧，第二天本想去捡回来，可是总觉得半夜三更把手杖掉在净是妇女的人家的后门，就有点怪不自在的。第二天下午，人家把手杖给送了回来。岛村的妻子在门口把我女儿唤了出去。

"昨晚你父亲巡夜，把手杖落在我家里了。"

"哟，落在哪儿啦？"

"落在我家后栅门里。"

"为什么呢？爸爸真粗心。"

"大概太黑，所以……"

我听见她们两人作了以上的对话。

我的邻组虽在镰仓，却是靠山的小山沟，遭空袭的时候，我躲避得最迅速。爬到后山山洞的入口处，就基本上可以瞭望到邻组的动静。

那天一大早，航空母舰上的飞机来轰炸。有时轰炸声和机枪声在我头上轰鸣。

"岛村夫人，危险，快快……"我边喊边从洞口走下五六步，"啊，小鸟……小鸟竟那么害怕。"

两三只小鸟在大梅树上，它们本是在枝丫缝隙间飞来飞去，这会儿却不再向前飞，只在青叶丛中的狭窄空间痉挛般地拍打着翅膀。它们好不容易接近树枝，但也未能紧紧地抓住，振翅的模样就像要倒下去似的。

好像有一块什么碎片撞在旁边竹丛的竹竿上，发出了尖锐的响声。

我同情岛村家孩子转生的说法，这时不禁想起颤抖的小鸟来。那时，流产的胎儿应该还在母亲的腹中。

这次的婴儿好歹平安无事地诞生了。

战争期间，相当多的胎儿意外流产，也很少有妇女怀孕，许多妇女生理变得异常。可是，今年秋上有十户人家的邻组竟有四户生孩子。

我带着女儿经过岛村家，那栽在篱笆处的山茶花树的花开始绽开。那是我喜欢的花。也许是开花季节的缘故吧。

有些胎儿由于战争，没有看到这个世界的亮光就消失了。我忽然可怜起他们来。我也为战争期间流逝了的年华悲伤。我想，我那流逝了的年华会不会变成什么东西转生回来呢？

红梅

父母面对面地坐在被炉边上，一边观赏着古树红梅绽开的两三朵花儿，一边在争论着。

父亲说："这棵古树红梅的花儿，几十年来都是从下面的枝丫开始绽开的。自从你嫁过来以后，也没有改变过。"母亲说："我没有这种感觉。"母亲没有附和父亲的感怀，父亲很不服气。母亲说："自从嫁过来以后，我压根儿就没有空闲观赏过梅花。"父亲说："那是因为你稀里糊涂地虚度岁月。"他感慨：比起古树红梅的寿命来，人的生命是多么短暂啊！由此，父亲似乎是屈于这种感怀了。

不觉间，话题转到新年的糕点上来。父亲说："正月初二在风月堂买了点心回来。"母亲却硬说："没有这回事。"

"瞧你，我不是让车子在明治糕点公司那儿等了一会儿，又坐这部车子绕去风月堂吗？我的确在这两家铺子买糕点了嘛。"

"你的确在明治糕点公司买了，可……打我到这个家来以后，就不曾见你在风月堂买过什么东西。"

"言过其实了吧？"

"可不是嘛，我从来没尝过嘛。"

"别装糊涂了，过年你不也吃过了吗？我的确买回来了呀。"

"唉,真讨厌。净说些梦话……不令人发瘆吗?"

"咦……"

女儿在厨房里准备午餐,父母的争论全听见了。她是了解真情的,但她无意开口,只顾微笑地站在锅台边上。

"的确带回来了吗?"母亲好不容易对父亲在风月堂买过东西这一点,准备予以承认似的,可她又说,"不过,我没有看见过呀。"

"我是拿回来了嘛……会不会忘在了车厢里?"

父亲的记忆也发生了动摇。

"怎么会呢……要是忘在了车厢里,司机一定会送来的。他绝不会悄悄拿走,是公司的车子嘛。"

"这也是啊。"

女儿忐忑不安。

母亲似乎全然忘却了,这够奇怪的。父亲被母亲这么一说,似乎也渐渐失去了信心,这就更加奇怪了。

正月初二那天,父亲乘车兜风,是去风月堂买了许多糕点回来的。母亲也品尝过了。

沉默持续了一阵子,母亲骤然想起来似的,直截了当地说:

"哦,哦!那些糕点……你是买回来了。"

"对嘛!"

"有绿豆馅点心,铜锣形馅点心,还有许多年糕点心,真叫人不好办哪。"

"对嘛，我是买回来了嘛。"

"不过，那种粗点心是在风月堂买的？那种东西？"

"是啊。"

"哦，对了，对了。的确，我把它给谁了。用纸包好，是给人家了……啊，是给谁呢？"

"对啊，是给人家了。"

父亲如释重负，接着他又说：

"是不是送给了房枝呢？"

"啊，对，是送给了房枝。对，我还说让孩子看见了不好，是悄悄包好送去的。"

"是啊，是房枝？"

"唉，确实是那样，是送给房枝了。"

父母的对话暂告一段落。他们感到彼此的谈话一致了，各自都得到满足似的。

然而，这与事实也不尽相符。点心并非送给原来的女佣房枝，而是送给邻居的男孩子了。

女儿正在等待着，母亲会不会又像方才那样想起这件事来呢？

饭厅里鸦雀无声，只传来铁壶的响声。

女儿端上做好的午饭，摆放在被炉板上。

"好子,刚才的话,你都听见了?"父亲说。

"听见了。"

"你妈妈年纪大了,不好办啊。所以她越发固执了。好子,你当妈妈的记事员吧,好吗?"

"是这样吗?你爸爸也……今天的风月堂话题,我认输了。不过……"母亲说。

关于房枝的事,女儿欲言又止。

这是父亲辞世前两年发生的事。父亲患轻度脑溢血后,基本上不去公司上班了。

打那以后,古树红梅照例从下边的枝丫先开花。女儿经常回忆起父母关于风月堂的这段对话。然而,她不曾跟母亲言及,因为她觉得母亲早已把这件事忘却了……

布袜子

像姐姐那样温柔的人,为什么竟是这样一副死相?我实在不明白。

黄昏时分,她不省人事,上半身后仰,紧握拳头的手激烈地颤抖。震颤一止,她的头就落在枕头的左侧。这时候,一条白蛔虫从她半张的嘴里慢悠悠地爬了出来。

这条蛔虫意外地白。此后,这种古怪的白色不时鲜明地浮现在我的脑海里。每逢这种时候,我一定联想起白袜子来。

家里人将各种各样的东西放在姐姐的棺木里,我说:

"妈妈,布袜子呢?把布袜子也放进去吧。"

"对,对。这孩子的脚很干净,所以我把布袜子给忘了。"

"是二十一厘米半的呀。别拿错妈妈的或我的啊。"我提醒说。

我提出布袜子,固然是因为姐姐的脚小巧玲珑,而且很美。同时还有一段关于布袜子的往事。

这是我十二岁那年十二月的事。附近的市镇曾举办过一次宣传"勇"牌布袜子的电影大会。镇巡回演奏乐队竖起红色的长条旗,也巡回到我们村子里来了。乐队散发的传单中夹有入场券,我们村子里的孩子们都尾随乐队捡传单。其实入场券就是贴在布袜子上的商标。那时候,除了庙会和盂兰盆节以外,村里人几乎没有机会看电影,所以布袜子走俏极了。

我还捡了一些画有侠客模样的广告传单，傍晚早早地到了镇上戏院去排队，生怕看不成电影。

"什么呀，那不是广告传单吗？"在戏院门口，我挨了人家的耻笑。我垂头丧气地走回家去，不知为什么，我没有进屋，就伫立在井边上，满肚子的委屈。这时，姐姐拎着水桶走出来，她将一只手搭在我的肩上，问了声"怎么啦"。我立即用手捂住了脸。姐姐放下水桶，去把钱取来了。

"快去吧！"

走到路口拐角处，我回过头来，只见姐姐仍然站在那里目送着我。我一溜烟似的跑了，镇上布袜子店的人问道：

"你要几厘米的？"

我答不上话来。

"喏，把你穿着的脱下来看看。"

布袜子的扣别了写着二十一点五厘米。

回到家里，我把买来的布袜子交给了姐姐。姐姐也是穿二十一点五厘米的。

此后过了两年，我们举家移居朝鲜，住在京城。上女校三年级的时候，由于我同三桥先生的关系过于亲密，挨了家里人的批评，禁止我去拜访先生。先生感冒，久病不愈，连期末考试也没有进行。

圣诞节前,我打算选购一件礼物送给先生,于是和母亲到了镇上,买了一顶鲜艳的缎子礼帽。帽子的丝带上插着配有深绿色叶子的红果。我还买了银纸包装的巧克力。

我们走进市镇大街的一家书店里,遇见了姐姐。我把大礼帽的包交给了她,说:

"你猜猜这是什么?这是送给三桥先生的礼物。"

"等一等,唯独这件事可不能干啊!"姐姐责备似的压低嗓门说,"你不是挨学校批评了吗?"

我的幸福感顿时消失了。这时,我开始感到姐姐和我形同陌路了。

就这样,圣诞节也过去了,红色大礼帽依然放在我的书桌上。可是岁末的三十日晚上,那顶红色大礼帽消失了。我觉得仿佛连幸福的影子也消失了。"这是为什么呢?"我连问也不敢问姐姐一句。

翌日除夕之夜,姐姐邀我外出散步,她说:

"我已将那些巧克力供奉在三桥先生的灵前了。它就好像是在白花丛中的红宝珠,美极了。我拜托人家将它放在棺木里。"

我不知道三桥先生与世长辞了。我把红色大礼帽放在书桌上以后,再没有走出过这间屋子。先生之死,家里人是有意隐瞒着我的。

我两次将东西放进棺木里,就是这顶红色大礼帽和白色布袜子。据说,三桥先生在简易公寓里,躺在薄薄的棉被上,喉咙"呼噜噜"地响,眼珠子几乎蹦出来,是痛死的。

尚活着的我在寻思：究竟这红色的大礼帽和白色的布袜子是怎么回事呢？

噪鹛

黎明时分,噪鹛啁啾不已。

打开木板套窗,只见噪鹛从眼前的松树下枝腾空而飞。早餐时间仿佛还听见它的振翅声,又飞回来了。

"真烦人啊!"

弟弟刚要站起来,祖母就劝阻说:

"算了,算了。它在找自己的宝宝哪。昨天好像有只雏鸟从巢里落下来了。母鸟直到傍黑还在飞来飞去呢,你不知道吗?今晨也早早就寻找来了,真是叫人吃惊啊!"

"奶奶,您真了解情况啊。"芳子说。

祖母患有眼疾。她除了十年前患过肾炎以外,没有得过称得上是病的病。不过,从年轻时起就有白内障隐患,如今只剩下左眼还能模模糊糊地看见点儿东西,碗筷也得让别人递给她。她很熟悉家中的布局,摸索着尚能行走,但不曾独自到庭院里去过。

她经常要么站要么坐在玻璃门前,张开手掌,用五指遮掩透过玻璃门投射进来的阳光,隐约可见一点儿东西。她拼命地将全部生命力都集中在视力上。芳子最惧怕此时的祖母。芳子也想从她的背后呼唤她,可最终还是悄悄地躲远了。

这样一位视力不佳的祖母光凭听见噪鹛的啁啾，就能像亲眼看见似的说出这番话，让芳子惊愕不已。

芳子一上厨房拾掇早餐的碗筷，就听见噪鹛在贴邻的屋顶上啼鸣。

后院里有棵栗子树，还有两三棵柿子树。看见这些树，才知道天空下起霏霏的细雨。这样的细雨，倘使不以繁枝茂叶为背景，恐怕是看不见的。

噪鹛辗转飞落在栗树上，而后低低地掠过地面，又倏然飞回枝头，叫个不停。

母鸟依依离去，可能雏鸟就在附近吧。

芳子放心不下，走进了房间，上午她必须打扮停当。

父母决定晌午把向芳子提亲的男方的母亲带来。

芳子坐在梳妆台前，望了望指甲上的白斑。据说指甲上出现斑点，象征着会得到什么。可她想起报上登过，这是一种缺少维生素C的表现。她化妆完毕，心情稍觉舒畅。自己的眉毛、嘴唇可爱极了。和服也很大方适体。

她本想等母亲来帮忙穿和服，可转念又想还是自己穿好。

她和父母分居，母亲是继母。

芳子四岁，弟弟两岁时，父亲同芳子的母亲离婚了。据说生母外出时打扮得很华丽，还挥霍无度。然而，芳子隐约意识到父母离婚的原委不仅如此，似乎还有更深刻的缘由。

弟弟幼年时代，有一回找到一张生身母亲的照片，拿给父亲看，父亲一声不言，挂着一副可怕的面孔，一把将照片撕得粉碎。

芳子十三岁上，家里迎来了新的母亲。芳子才渐渐意识到父亲已经整整过了十年的独身生活。继母是个好人，他们过上了和睦的生活。

弟弟上大学预科过寄宿生活以后，对继母的态度起了明显的变化。

"姐姐，我遇见妈妈了。她已经再婚，住在麻布。她漂亮极了，见到我特别高兴。"

弟弟忽然这么说，芳子顿时连话也说不出来。她脸色刷白，颤抖起来。

继母从对面的房间走了过来，坐下来说：

"好嘛，很好嘛。遇见自己的生母，不是坏事，是天经地义的事嘛。我绝不介意，早就料到这一时刻终归会到来的。"

继母的体力大减。在芳子看来，瘦削的继母着实矮小得可怜。

弟弟愤然离去。芳子恨不得把他狠揍一顿。

"芳子，别去说他。那孩子，越说脾气就越坏。"继母小声地说。

芳子潸然泪下。

父亲把弟弟从宿舍叫了回来。芳子以为就此了事，岂料父亲竟带着继母分居了。

芳子害怕了，仿佛被男人某种强烈的愤怒和怨恨挫败了。她怀疑与生母有血缘关系的自己和弟弟是不是也憎恨父亲，于是自然而然地想,愤然离去的弟弟是不是也继承了作为男子汉的父亲那种可怕的脾气呢?

如今芳子渐渐明白了父亲同前妻分手,到娶了后妻这十年里的悲伤和苦痛。

分居的父亲前来商量女儿的婚姻大事时,芳子深感意外。

"让你受苦了,对不起。我常常对未来的亲家母说,女儿在这样的环境中成长,与其说让她当媳妇,莫如说让她回到欢乐的少女时代。"

听到父亲这席话,芳子哭了。

倘使芳子结婚,就没有人照料祖母和弟弟了,所以父母准备同祖母他们住在一起。这件事首先使芳子动了心。从父亲的经历来看,她一直认为结婚是可怕的。然而,面临结婚,她又觉得并不那么可怕了。

梳妆完毕,芳子到祖母那里去了。

"奶奶,你能看见这身和服的红色吗?"

"朦胧看见那边是红色,唉。"祖母把芳子拉到自己身边,把眼睛凑近她的和服和腰带,说,"我已经把芳子的模样给忘了,真想看看啊!"

芳子感到难为情,一声不响。她将一只手轻轻地放在祖母的头上。

这会儿该去迎父亲他们回来,芳子无法呆坐下去,便走到庭院里。她张开手掌试了试,细雨还不至于把手濡湿。她撩起和服的下摆,在小树丛和山白竹丛中细心地觅寻,只见胡枝子下的草堆上有一只雏鸟。

芳子的心扑通扑通地跳动,她走近时,只见雏鸟缩着脖颈,纹丝不动。芳子很容易就把它逮住了。雏鸟无精打采。芳子环顾了四周,却不见母鸟。

芳子跑进屋里。

"奶奶,找到一只雏鸟了,把它逮来了。它很孱弱啊。"

"哟,是吗?给喂点水试试。"

祖母平静下来了。

芳子用碗舀了点水喂进了鸟嘴里,它的腮帮子鼓了起来,十分可爱。它可能恢复元气了吧,又叽叽喳喳地鸣叫起来。

母鸟闻声飞来,落在电线上啁啾鸣啭。雏鸟在芳子的手上一边折腾,一边叽喳叽喳地叫开了。

"啊,太好了。快快让它回到鸟妈妈身边吧。"祖母说。

芳子走到院子里,母鸟从电线上腾空飞起,停落在对面的樱花树梢上,目不转睛地盯着芳子。

芳子为了让母鸟看见她掌上的雏鸟,将一只手高高举起,又悄悄地将雏鸟放在地上。

芳子从玻璃门后面观察着动静,只见母鸟凭借雏鸟仰空悲鸣的声音,渐渐靠近过来,当母鸟飞落在旁边松树的下枝时,雏鸟欲起飞,扑打着翅膀,就势跟跟跄跄地向前走了几步,又像翻筋斗似的倒下,不停地鸣叫起来。

尽管如此,母鸟还是小心翼翼,总也不飞落在地上。

不大一会儿,母鸟径直飞快地来到了雏鸟的身边。雏鸟无比高兴。它摇晃着脑袋,抖动着张开的翅膀,仿佛在撒娇似的。母鸟好像在给它喂食。

芳子多么希望父亲和继母快点来看看这个场面啊!

夏与冬

一

盂兰盆节今天结束了。正值星期天。

一大早,丈夫到中学体育场去观看市民棒球大赛,回家吃过午饭又走了。

加代子觉得应该考虑晚餐菜肴的时候,想起一件奇妙的事来。因为今天她穿着的这件单和服,曾是她娘家附近一家商店橱窗里的偶人模特儿穿过的。

每天上班,她从娘家到电车站往返途中,都看到这个立在玻璃橱窗里的偶人模特儿。

随着季节的推移,它身上的时装不断地变换,姿势却总是不变,依然如旧,给人一种郊区商店的感觉。加代子感到偶人总是这么一个姿势,太寒碜了。

但是,每天都看,她不由得感到偶人的脸部表情每天都不尽相同。过了一段时间,她发现偶人脸部的表情,原来正是自己当天心情的表露。久而久之,加代子竟反过来从偶人的表情,来判断自己当天的情绪。路过看看偶人的脸,就成了朝夕的占卜似的。

加代子决定结婚以后,将那偶人身上的单和服买下来。这也是一种纪念。

加代子回想起来,那时候的人们,每天的心绪都是有明有暗的。

丈夫把单和服的下摆掖在腰带里,头戴麦秸草帽,在夕照下满脸通红地回来了。

"啊,真热。头晕乎乎的。"

"瞧这身大汗,赶快洗个热水澡去。"

"这就去。"

丈夫一副无精打采的样子,加代子将毛巾和肥皂塞给他以后,他才上澡堂去。

加代子正在箅子上烤茄子,把丈夫打发走后,她仿佛获救了似的。要是平时,丈夫总是要么掀掀锅盖,要么掀开防蝇纱罩,还要走到她身边讲解一番怎样烤茄子,诸如此类。丈夫似乎没有察觉到,加代子是很讨厌这样做的。

丈夫从澡堂回来,将肥皂和毛巾抛在一旁,走到客厅里一仰脸就躺了下来。他的脸比刚才还红,有点喘不过气来似的。加代子给他枕上枕头,才注意到丈夫这副样子。

"冷敷一下脑袋,好吗?"

"嗯。"

加代子拧了一条毛巾敷在他的额头上,把拉门推到一边,通通风,还用厨房的大蒲扇吧嗒吧嗒地给他扇了起来。

"行了,别扇得那么急嘛。"

丈夫双手放在胸口上,紧锁着双眉。

加代子悄悄地把蒲扇放下,出去买冰块了。她做了个冰袋。

"是冰块吗?太冰凉了。"

但是,他没有拒绝,听任摆弄了。

片刻,丈夫走到廊道上呕吐,吐出的是白泡沫似的黏液。加代子拿来了一杯盐水。他连看也不看一眼,一仰脸就朝天躺下了。

"喂,肚子饿了吧?吃饭好吗?"

丈夫脸上的红润已经消失,变成铁青了。

"用桶里的水把刚才吐出来的东西冲洗掉吧。"丈夫吩咐了一句,静静地入梦乡了。

加代子久久地望着丈夫的睡脸,然后独自细嚼慢咽地吃起饭来。雨敲打在洋铁皮屋顶上,发出滴滴答答的声音。不一会儿,哗啦啦地下起雷阵雨来了。

"喂,屋后不是晒着东西吗?"丈夫说,雨声把他吵醒了。

加代子连忙撂下筷子,把晾晒的东西收拾好,又折回来。

"烫酒壶里还有酒,盖上盖子了吧?"

那烫酒壶也没有盖上盖。丈夫露出厌烦的神色,叹了口气,又合上了双目。

倒霉的日子里净遇上倒霉的事。蚊帐里进了蚊子,加代子发痒,醒来了。她拧亮电灯,坐在铺盖上等候蚊子飞过来。可蚊子偏偏不露脸。她拿起蒲扇,将蚊帐里的每个角落都扇了一遍,还是没有发现蚊子。她想,也许漆黑还好,于是把电灯关掉,不久蚊子就落在她的额头上,她把它打死了。她是很留神的,避免影响丈夫的睡眠。

加代子清醒过来,起床走到廊道上,悄悄地把玻璃门打开了一条细缝。

本该是明月当空之夜,实际却是阴天,四周黑魆魆的。

"喂,还不睡觉,明早起不来啦!"

丈夫躺在被窝里呼喊。

加代子钻进蚊帐,丈夫问道:"你哭了吗?"

"没哭呀,哭什么呢?"

"嗯,哭哭不是更好吗?"

"为什么要哭呢?"

丈夫翻过身去,背向她入睡了。

二

昨夜吃的牡蛎似乎不新鲜,加代子在闹肚子。她没有铺卧具,横躺在火盆前，和丈夫相对而睡。

她又让丈夫谈道子的事，絮絮叨叨地问个不停。丈夫却慢条斯理，非常沉着。

"我意识到道子喜欢我，那是，哦，记得有一回我问她：'道子，你已到结婚年龄，应该考虑婚姻大事了。你说说你中意的男子汉是什么样的？'她没有回答，只顾给我煎鸡蛋。我又说：'喂，你不言声，我可就不管了。'她没有回头，依然背着我，快嘴地说：'我喜欢像你这样的男人。'我说：'你说你喜欢像我这样的男人，可我这个人爱喝酒哟。'她却说：'像你这样喝点酒好。'说着，她快步登上了二楼。"

这件事，以前加代子也听说过，但她还是爱听。所说的道子，就是丈夫的表妹。

就是现在，这个故事多少也能减轻她的腹痛。

"那么，你对道子又是怎么想的呢？"

"没什么别的想法。她是我的表妹嘛。"

"那样一个标致的姑娘，谈到这种程度也不动心，你未免太残酷了吧。"

"她的体质孱弱，我无意娶她。对一个无意要跟她结婚的姑娘，为什么要动心呢？"

"道子给你煎的鸡蛋卷，后来怎样处理的？"

"煎鸡蛋卷？别提那无聊的事啦。好歹是吃掉了呗。"

当时，或许丈夫紧挨在道子身边，讲解煎鸡蛋卷的方法，或许道子上了二楼，丈夫自己动手来煎？想到这些，加代子觉得有点蹊跷了。

"别谈这些啦。有什么需要买的，赶紧去买吧。已经四点了。"丈夫说。

加代子猛然听见寒风的呼啸，肚子又疼了。

她想，丈夫明知自己身体不适，这样寒冷的天气，还支使自己出去，心太狠了。转念又想，也许是丈夫对自己听他回忆往事时的那副笑脸和没有力气出去买东西的神情，识别不出来吧。

加代子采购途中，全身颤抖起来，她在一条窄巷里蹲了一阵子。

她想，丈夫这样冷酷，才无情地拒绝道子的爱情吧。看起来道子对这个人仅仅是朴素而笨拙地表示过一次爱慕之情，这似乎也是幸福的。有朝一日，也许丈夫会想到真正爱他的，只有道子一人。也许丈夫就是这种性格的人吧。

她回到家里，丈夫已经到澡堂去了。

加代子刚下厨房，一股寒战流水般地从背脊流了下来。她的肚子又疼了。她扔下晚餐的准备工作，钻进了被窝里。

丈夫从澡堂回来，问道：

"不舒服了吗？"

"揣怀炉了吗？"

加代子摇了摇头。丈夫拿来了暖融融的怀炉。加代子惦记着做晚餐的事。

"我不要紧的。"

丈夫关上隔扇门，走出房间。

另一个房间里传来了茶泡饭的声音。平素爱拿出材料、讲解烹饪技术的丈夫，似乎有点嫌麻烦。听起来那茶泡饭的声音确实是例行公事似的。

加代子心想，从道子的照片来看，自己的风度不如道子，只因为自己身体壮实，所以才成为他的妻子。明儿自己大概就可以起床了吧。然而，比起自己这种莫名的不安的心绪来，丈夫那咯吱咯吱地咀嚼腌萝卜的声响却流露出一种安定感。

打夏天以来，丈夫那种烦人的怨言逐渐减少了。

竹叶舟

秋子把水桶摆在蜀葵旁边,摘了几片梅树下的小竹叶,做了几只竹叶舟,让它们在水桶里漂浮。

"瞧,小船,多有意思。"

一个小孩蹲在水桶前,望着竹叶舟。然后他抬头瞅着秋子,微微一笑。

"多好的小船啊。阿弟很聪明,让姐姐给你做一只小船,陪你玩吧。"母亲说罢,返回了客厅。

她是秋子未婚夫的母亲。她好像有话要同秋子的父亲谈,秋子便离席了。因为小孩子磨人,她把他带到庭院里来。这孩子是秋子未婚夫的小弟弟。

孩子把小手伸进水桶里,搅和了一通,说:

"姐姐,船开战了。"

孩子看见许多竹叶舟晃来荡去,高兴极了。

秋子走开,把洗完的单衣拧干,晾在竹竿上。

战争已经结束了。然而,未婚夫却没有回来。

"打呀,再打呀!打呀,再打呀!"孩子一边叫嚷一边越来越使劲地搅起水来。水沫飞溅在他的脸上。

"瞧你,这不行啊。你脸上净是水沫星子了。"秋子制止说。

可是小孩子却说:"不行了,船都不走啦。"

那些船果真只浮在水上不走了。

"对,对,咱们到后面的河边去吧。把船放在那里速度会快些。"

小孩拿起竹叶舟。秋子把水倒在蜀葵下,将水桶放回厨房。

小孩蹲在河下游的踏脚石上,将一只只竹叶舟放走,高兴得拍起手来。

"我的船最快。瞧,瞧。"

小孩怕看不见最前头的竹叶舟,顺着河水下游跑去了。

秋子赶忙将剩下的竹叶舟全部放走,然后去追赶那孩子。

她忽然意识到自己行走时使劲将左脚跟着地。

秋子患过小儿麻痹症,左脚跟够不着地,左腿小而松软,左脚背高高隆起,不能跳绳和远足。她本来打算独自一人静静地度过一生,后来却意外地订婚了。她有信心用自己的心灵去弥补肉体上的缺陷,可她从来也没有这样认真地将左脚跟着地练习走路。左脚趾总不容易挂住木屐带。不过,秋子还是继续刻苦练习。然而,战败后她完全停止这种练习了。留在脚上的那道被木屐带磨破的伤痕,好像是严重冻伤的痕迹。

小孩是未婚夫的弟弟。在他面前,秋子下决心用左脚跟着地走路。她已经好久不这样做了。

河床狭窄，杂草低垂在水面上，把三四只竹叶舟挂住了。

小孩在十多米远的前方停下脚步，他似乎没有发现秋子走近他的身旁，只顾目送着顺流而下的竹叶舟。他看不见秋子走路的样子。

孩子的脖颈深凹处很像秋子的未婚夫。秋子真想把他抱起来。

孩子的母亲走过来，向秋子道过谢，催促孩子回家。

"再见。"小孩爽快地说。

秋子思忖：她母亲可能是来谈她儿子战死的消息，或是解除婚约的事吧。愿意同一个跛姑娘结婚，大概也是战争期间的一种感伤的表现吧。

秋子没有进屋，她去看了看邻居新盖的房子。那是这一带没有的大房子，过往行人也总要驻足观望一番。战争期间，工程停了下来，放置木材的场地周围长满了高高的杂草。近来工程忽然加快进度，门前还栽了两棵有点怪异的松树。

秋子觉得这幢房子的外形并不典雅，而且显得很简陋。窗户却很多，客厅四周都是窗户。

街坊邻里都在背地里议论：这房子会有什么人搬进来住呢？然而，谁也弄不清楚。

蛋

丈夫和妻子都感冒了,两人并枕共眠。

每晚妻子都同孙儿一起睡,丈夫嫌孙儿早早把自己吵醒,难得同妻子同床共梦。

丈夫患感冒,究其原因是十分滑稽的。

箱根的塔泽有一家熟悉的温泉旅馆,他们即使冬季也要前往,而今年是在二月初去的。抵达的第三天,他以为是下午一点半,赶忙起床,洗了个温泉浴。折回房间时,女佣正睡眼惺忪,给火盆续木炭。

"今早怎么了?真早,令人吃惊啊。"

"嗯,别挖苦人啦。"

"刚过七点。您醒来,是七点五分……"

"嗯?"他愣了愣,说,"哈哈,我明白了。我把长针误看成短针了。这是个大失败……是老花眼的缘故吧。"

"连账房先生都担心,昨晚是不是有小偷进了您的房间呢。"

查看之后,原来是女佣在睡衣上套了一件丝绸夹袄。看样子是刚从梦中惊醒,来不及换装。难怪醒来打电话时,好长时间没有人接,大概账房先生也还在睡梦中吧。

"我这家伙早早就把你吵醒,对不住啊。"

"哪儿的话,是该起床的时间了。不过,您是不是再睡一觉呢。我给您铺床好吗?"

"好啊。"他依然欠着身子,把手伸到火盆上烤火。

她这么一说,他又觉得有点困了。可是十分寒冷,无法成眠。

就这样,他在晨寒中离开旅馆回家了。

于是感冒了。

妻子感冒的原因不甚清楚,也许是传染上流感吧。

丈夫回到家里的时候,妻子还在熟睡。

丈夫把看错钟而早起的事,向全家人叙述了一遍。大家大笑起来。

家里人把那只怀表,一个传一个地依次看了一遍。

最后得出一个结论:尽管是只大字盘的怀表,但是长短针的针头都带圆圈,且是同样的形状,在枕边的微亮中,用迷迷糊糊的老花眼看,是可能看错的。大家还把表针拨到七点五分的位置试验了一下,也容易误以为是一点三十五分呢。

"爸爸最好还是用夜光表。"幺女说。

丈夫浑身无力,还发低烧,就决定与患感冒的妻子并枕共眠。他说:"我来陪你。"

"我也可以服那位大夫开的药吧。反正是同一个病。"

翌日清晨,一睁眼,妻子就问道:

"在箱根过得怎么样?"

"嗯,冷得很。"丈夫本想结束谈话,可又说道,"昨晚你自己也咳得很厉害,把我都吵醒了。我刚清清嗓子,你就吓得几乎跳了起来。这下子反而把我给吓住了。"

"是吗?我一点也不知道。"

"你睡得真香。"

"不过,和孙子一起睡,很容易被吵醒。"

"干吗把你吓成这个样子。都这把年纪了,令人讨厌嘛。"

"真的吓得这样吗?"

"嗯。"

"说不定是女人的本能吧,即使到了这把年纪,只要有异物在身边,也会把睡眠抛在脑后的……"

"异物?我终于变成了异物?"丈夫苦笑地说,"哦,对了,前晚在箱根,是星期六吧,团体客也参加了。宴罢,告别的客人中,有一对睡在我的邻室,艺伎也喝得醉醺醺的,说话也含糊不清。她给另一房间的艺伎姐妹打了一个室内电话,唠唠叨叨地说个没完。她大声喊叫,话语不清,不知说了些什么。不过,倒是听见她来回用快而重的语调说:'我要下蛋!我就要下蛋啦!'这种要下蛋的连珠炮式的叫喊,倒是很有趣。"

"嗯,真可怜……"

"可怜什么?她还大喊大叫呢。"

"所以您睡得迷迷糊糊，七点就爬起来了？"

"胡说。"丈夫苦笑了。

传来了脚步声。

"妈妈。"幺女在隔扇门外呼喊，"您醒了吗？"

"醒了。"

"爸爸也醒了吗？"

"正在起床哪。"

"秋子可以进来吗？"

"可以。"

快十五岁的女儿端正地跪坐在母亲的枕边。

"秋子做了个可怕的梦。"

"什么样的梦？"

"梦见我死了，是个死人了。我自己记得清楚。"

"唉，是个讨厌的梦。"

"是啊。我梦见自己身上穿着像白色的轻飘飘的衣裳，向一条笔直的路走去。路两旁雾霭朦胧，路也忽然飘忽起来似的。我也忽然走在这条路上。一个奇怪的老太婆紧跟在我后面，我走到哪儿她就跟到哪儿，也听不见脚步声。我害怕得不敢回头，但心里十分明白老太婆紧跟着我，无法逃脱——妈妈，那不是死神吗？"

"哪有这种事呢。"妻子说罢，望了望丈夫的脸。

"后来怎么样?"

"嗯,后来还是在路上走,路两旁可以看见星星点点的房屋,又小又矮,类似临时木板房,几乎是清一色的灰。房子的线条朦胧而柔和。我悄悄地溜进了其中的一家。老太婆误入了另一家。我心想,啊,这太好了!这时却看见这房子连地板、家具杂物什么的也没有,只是堆满了蛋。"

"蛋?"妻子扑哧笑出声来。

"是蛋。我觉得都是蛋。"

"是吗?后来怎么样了?"

"后来怎么样,我也记不清了。不过,我就是从这个堆满蛋的家里忽然升天的。一梦到'哎呀,秋子升天了',就惊醒了。"

女儿望了望父亲,又继续说:

"爸爸,我是不是快死了呢?"

"哪有这种事。"

父亲遭到这突然袭击,说出了与母亲同样的话。父亲沉思:十五岁的女儿怎么会梦见这样的死法呢?这时候,出现了蛋的话题,不禁一惊。

"啊,太可怕了!现在还有点后怕呢。"女儿说。

"秋子,那是因为昨天妈妈咽喉痛,你说也许吃个鸡蛋就会好,你就去买鸡蛋,所以才梦见蛋的吧。"

"是吗。我给妈妈拿个蛋来,您吃吗?"说着,女儿站起来走了。

"您真不中用,总是想着蛋呀艺伎的,女儿的梦中也出现蛋啦,怪可怜的……"妻子说。

"嗯。"丈夫望了望天花板。

"秋子她经常做关于死的梦吗?"

"不知道。大概是头一回吧。"

"发生什么事了吗?"

"谁知道呢。"

"不过,是由鸡蛋才引起升天的吧。"

女儿把鸡蛋拿出来,将它打开,说了声"给您",就走出了房间。

妻子斜视了一眼鸡蛋,说:

"我总觉得有点毛骨悚然,吃不下去。您吃吧。"

丈夫茫然,也斜视着鸡蛋。

瀑布

两位哥哥的结婚方式都很稀奇古怪。大哥在华严瀑布同护士双双殉情的当儿,被赶来的人搭救了,最后才被允许同这护士结婚。二哥顺口说出:"老婆真可怕,老婆真可怕!"就同女佣私奔,一度进了疯人院,不久同这女佣结婚才安定下来。

小弟直治和两个哥哥的年龄相距甚大。二哥和女佣结婚的时候,直治还是个大学生。

直治认为大哥殉情是骗局,二哥也是装疯,他很是反感。

我和直治家是远亲,直治对文学多少有点兴趣,进入东京的学校之后,经常到我的住处探访。

大哥到东京学习,患了肺病,唉,可以说也是失败啊。二哥只念了(旧制)中学就辍学在家,帮地主父亲照料家中的事。大学毕业的,只有直治一人。

直治大概是受到我的坏影响吧,写起小说来,不时让我阅读。

亲戚立志当作家,我觉得很麻烦,也很危险,也就不想同他打交道。

直治的小说理应不例外地写他自己的恋爱故事,可他却把两个哥哥的结婚合起来写。我首先从这方面加以挑剔,说:

"从一开始,你就断定两个哥哥的婚姻是骗局,你这篇小说是在这个前提下写的,这是致命伤。就是说,这证明你作为一个作家,是没有发展前途的。"

"什么?"

直治自然不能理解。

"我认为只能是个骗局,华严瀑布都已结冰,大哥哪能跳进去,会有这种事吗?"

"可能有吧。"

我虽然没有见过严冬华严瀑布结冰的情景,但青年男女寻死,看见瀑布结冰而感到震惊的情形,是可以想象出来的。

"瀑布结冰的严寒季节,还到日光的深山中去,就有点蹊跷了。"直治说。

"殉情人都想在风景优美的地方死去,会选择当地最好的季节。没有人会在寒冬腊月到华严瀑布去寻短见的。"

"也许。可是……"

"就说二哥吧,也有许多奇怪的地方。哪有疯子带着女佣私奔的呢?"

"有可能是带出去,也有可能是女佣自己跟去。"

"可能是和女佣预谋装疯的,不是吗?"

"总之,认定是骗局,小说也就完了。倘使停留在怀疑它也许是骗局,可能还好些吧。"

然后，我又补充说：

"你若打算写小说，就要花一辈子去思考，两个哥哥的行为究竟是不是骗局。做不到这一点，是无法写的。"

直治的小说，并不是不同情两个哥哥。两个哥哥用非常的手段，最终达到了同身份卑微的女子结婚的目的，这件事本身就是对农村地主封建家族制度的一种叛逆，是地方豪门望族崩溃的反映。

但是，后来这两人都像被抽了筋骨似的，满足于在农村当驯服的羔羊，只是在年轻的时候鼓足过勇气罢了。

我与直治的哥哥们几乎没有交往，对他们的为人或生活都不甚了解。但是否如直治所说，他们已经心满意足，光凭表面是很难知道的吧。

对嫂子们身份之卑微，教育程度之低下，直治是感到不满和轻蔑的。他虽然没有把这种心情公开写出来，但是他写自己的情人和写嫂子们的笔法是各不相同的。另外，他对豪门望族主人似的父亲表示了敬意，有些地方还同父亲一起对兄长们表示了失望。

就直治的小说而言，关于兄长们这部分写得还好，关于自己恋爱的关键部分就写得平淡无奇了。因为恋爱本身就是平淡无奇的，只是重复地罗列他们在东京愉快的幽会。两人要么在银座散步，要么看电影，这类事也确实是最难写的。

由于发生在两个哥哥身上的事件，父母兄长对直治的婚姻是听其本人的自由，没有加以反对，一切都进展顺利。对象就是让我读的这篇小说中所描写的姑娘。

然而，不能不说直治的婚姻比两位兄长的更为奇特。

就是说，他们夫妇之间不断掀起风波。也许这样才叫作正常的婚姻？

直治写小说只不过是一时偶发的念头。他从学校毕业，进公司任职，后来换过两三家公司，事业上也不是太成功。

直治的妻子有个毛病，夫妻一吵架，她就逃回娘家。这个坏毛病直到生了两个孩子，老大都上了小学，还是改不过来。她把孩子扔下就一走了之。纵使不是认真的，也多次提出过离婚的事。

按照惯例，妻子逃回娘家后，直治打开衣橱，发现妻子的和服少了。妻子回娘家时带去的包袱，回来时变小了，这种情况先前也曾发生过，直治进行了调查。

直治想，也许她把花哨的衣服送给妹妹了吧。一种厌恶的心绪便爬上了心头。

妻子折回来的时候，他当即谈及这件事。

"我回娘家，连更换的衣服都没有啊。"妻子说。

对于这番话，直治非常生气，大吵了一场。妻子又回娘家去了。

这回连直治也无法收拾。他到我家里来商量，我对他说："还是跟你哥哥他们商量去吧。"直治气哼哼地说："我当然会这样做！"

但是，四五天后，直治挂着一副被吓破了胆似的面孔，又在我家里出现了。

"我去了一趟农村又回来了，连孩子也带去了。"

"令兄他们的意见呢？"

"他们的意见，我早就知道了。大哥听我叙述许许多多的情况以后，就把嫂嫂唤来，让她把她的布袜脱下，让我看她脚上冻伤的痕迹。据说，那是他们在华严瀑布自杀未遂时冻伤的。"

"哦？"

"就说大哥吧，他相信有嫂嫂全心全力的护理，自己的病才痊愈了。"

"这和你以前的小说大相径庭啊。"

"嗯。大哥的话抚慰了我的心情，可二哥把我吓了一跳。他正听着我的话，忽然说道：'就是这么点事情啊，我可是亲眼瞧见妻子在我面前通奸的啊。'我一惊，不由得看着他的脸，无言以对。"

我也大吃一惊，看着直治。

直治继续对我说："二哥所说的到底是不是真的呢？"要说通奸的是前面的妻子，二哥因此才疯了，这是可以想象的。但也可能是他脑子不正常之后的妄想。那时候的妄想，也就是一时的疯狂，到如今还潜藏在二哥心底吗？又或者是为了给他建议，才说了这种编造的话？不知怎的，直治仿佛非常恐惧，和二哥的话就此中断了。

直治向大哥打听二哥妻子的事情。不好打听之前的妻子,所以想问问之后的女佣妻子,再来推想之前的妻子通奸的真伪。

据大哥对直治说:女佣不是先同二哥有了可疑的关系,而是一直陪伴二哥上疯人院,二哥神经不正常以后,才产生结婚的念头的。

蛇

四十四岁的稻子做了一个梦。

梦见的不是自己的家,无疑是到别人家去了。一觉醒来,再也想不起是谁的家了。梦中,在客厅里的神田社长夫人活像是主人的模样,稻子就以为自己是到了神田社长的家里。但客厅的模样和房间的布局,与实际的神田家又不相同。

起初在观赏小鸟的时候,丈夫也在客厅里。客厅里好像只有稻子和丈夫两人。

听完稻子谈梦的故事,丈夫询问那只小鸟的事情:

"小鸟是关在笼子里,还是从庭院飞进来的?"

稻子顿时不知怎么回答,却说:

"是在客厅里的。在客厅里走动哪。"

这两只小鸟如蜂鸟般小,如鹡雀一般尾巴长。鸟身比鹡雀小,尾巴却比鹡雀长,而且很丰满。这尾巴活像块宝石,闪闪发光。

稻子觉得小鸟的尾巴是用各式各样的宝石镶成的。因为鸟尾一动,那美丽的色泽和光彩就起了微妙的变化,恍如无数的宝石随着角度的变化而发出异样多彩的光。

小鸟落在稻子手上振翅的时候,它的翅膀又发出了忽绿忽紫的光芒，五光十色，无比灿烂。

"啊，太美了！"

除了这种感受以外，稻子别无任何其他的感情。对宝石尾巴的小鸟的存在，对小鸟落在自己的手上，这一切她都不感到奇怪。

不知什么时候，丈夫已经不在客厅里了。神田社长夫人却依然坐在那里。

客厅的壁龛设在西侧，庭院是东南走向，走廊从东北角一直环绕到起居室，与起居室的走廊相连。稻子和神田夫人坐在靠起居室的东北角上。

客厅里爬行着五条蛇。稻子发现了，尽管没有声张，却想逃脱掉。

"没事儿，用不着害怕。"神田夫人说。

五条蛇各具异色。稻子醒来，仍然清楚地记得它们各自的颜色。其中一条是黑蛇，一条是斑纹蛇。第三条像是赤链蛇的赤蛇。第四条是蝮蛇的模样，但色泽却比蝮蛇鲜艳。第五条活像墨西哥的蛋白石，闪烁着火焰般的色泽。都是非常漂亮的蛇。

啊，太美了！稻子心想。

篠田的前妻出现了，不知她从哪儿来。她已坐在客厅里，年轻可爱，打扮成舞女的模样。

梦中神田夫人是现在的年龄，稻子自己似乎也是现在的年龄，篠田的前妻却比稻子二十五年前认识的时候更年轻、丰盈而有风度。

篠田的前妻身穿浅蓝一色的和服。风姿是优雅的,发髻梳成如今流行的发型,秀发集中在前面,梳理得复杂而精巧。前面还饰有闪光的发饰,像是由各种宝石镶成的大圆梳子,或是像小宝石桂冠般的饰物。宝石中有红色和绿色,钻石最多。

稻子望着这些饰物,心想,啊,太美了!

篠田的前妻将一只手举到头上,把发饰摘了下来,说:

"请把它买下来吧。"

原先装饰在额前的像梳子似的饰物,从一端开始活动起来。原来是一条蛇,一条小蛇。

从起居室传来了水声和女佣的话声。原来两个女佣在起居室对面的角落附设的厨房里洗刷山药。

"要看准了才买啊。瞧,净买些又粗又大的,不是吗?"

一个女佣说罢,另一个女佣答道:

"唉,真讨厌,我还以为粗的好呢,就挑选粗的,反挨了一顿骂。"

梦到此处,稻子被惊醒了。

梦中虽说不怎么注意,可庭院里也有许多蛇。

"是咕咕噜噜地乱动的吗?"丈夫询问。

"约莫二十条呢。"稻子将具体数目都报得一清二楚。

神田社长和他的弟弟,还有稻子的丈夫,所有男士都在客厅里边的另一个房间里。在梦中,稻子仿佛还听见他们的谈话声。

谈完梦的故事，稻子和丈夫都沉默下来。良久，丈夫说：

"眼下篠田的前夫人怎么样？"

"是啊，眼下不知怎么样啦。"稻子说，"也不知她在哪儿啦。"

二十五年未曾相见过。篠田过世也近二十年了。

稻子的丈夫和篠田是大学的同班同学。稻子与篠田的前妻是同一女校的低班同学，深受她的疼爱，经这前夫人的说媒结了婚。可是，篠田与前妻不久就离婚，很快又再婚。后来娶的夫人和稻子夫妇也有交往，所以将她称作前夫人。

前夫人离婚以后，在稻子夫妇面前销声匿迹了。篠田再婚三四年后也作古了。

稻子的丈夫和篠田就职于同一家公司。他们的工作，是由篠田的前夫人嘱托老同学神田给介绍的。

篠田的前夫人与篠田结婚之前，是爱过神田的。但神田没有同她结合，她就同篠田结婚了。

神田的夫人不了解这一情况，就同神田结婚了。从前她曾对稻子说过：真对不住篠田夫人。

如今，神田当了社长，稻子的丈夫也在同一公司工作。

稻子并不想勉强圆梦，但这梦却残留在她的心田上。

秋雨

我的眼睛深处，映出火团降落在红叶山上的幻影。

与其说是山，莫如说是山谷更贴切。山高谷深，山峦紧挨溪流两岸，巍峨地雄峙着。不抬头仰望，是不易窥见山之巅的苍穹的。天空还是一片蔚蓝，却已微微现出了暮色。

溪流的白石上，也同样弥漫着薄薄的暮霭。红叶的寂静，从高处笼罩着我，渗透我的身心。莫非要让我早早地感受到日暮之将至？小溪的流水一片湛蓝，红叶没有倒映在溪流的蓝色中。我怀疑起自己的眼睛来。这时，在蓝色的溪面上却看见了火从天而降。

仿佛不是在降落火雨或火粉，只是小小的火团在溪面上闪闪烁烁，但从天上降下则是无疑的。那小团的火球落在蓝色的溪面上，旋即就消失了。火从山谷降落的瞬间，由于红叶的缘故，看不见火的颜色。那么，山巅上又是什么情况呢？抬头仰望，只见一团团小火球以想象不到的速度从上空降落下来。大概是火团在动的缘故吧，以雄峙屹立的山峰为堤岸，狭窄的天空看起来好像是一条河在流淌。

这是我在去京都的特别快车上，入夜刚要打盹儿的时候所泛起的幻影。

十五六年前，我住院做胆结石手术时，同我邂逅的两个女孩子总是留在我的记忆里。这次去京都,就是为了到京都的饭店去看望其中一个女孩子。

另一个女孩子生来就没有胆液输送管,据说顶多只能活一年,所以必须接受手术治疗,植入人造管,将肝脏和胆囊连接起来。母亲抱着幼儿站在走廊上,我走近看了看,说道:

"多好啊,这孩子真可爱。"

"谢谢。恐怕今明两天就不行了,正在等家里人来接呢。"母亲平静地回答。

孩子静静地入梦了。她身裹山茶花图案的和服,大概是术后胸前缠着绷带,衣裳宽松而臃肿。

我对那位母亲说出这种唐突的问候,也是住院患者的互相体贴而疏忽了礼节的缘故吧。这家外科医院来了许多做心脏手术的孩子。手术之前,他们有的在走廊上东奔西跑,有的乘电梯上上下下,嬉戏喧闹。不觉间,我也同这些孩子打起招呼来。他们都是五岁到七八岁的孩子,患有先天性心脏病。心脏手术最好在幼儿期进行,否则可能夭折。

这些孩子当中的一个特别引起我的注意。每次乘电梯,我几乎都看见她也在电梯的犄角上。这个五岁的女孩子独自一人蹲在站着的大人腿脚后面,总是闷不作声。她那双不和悦的眼睛射出强烈的光芒,那张倔强地噘起的嘴紧闭着。我向贴身护士探听,据她说这女孩子几乎每天都要花上两三个小时这样独自乘电梯上上下下。就是坐在廊道的长椅上,她也是绷着脸,一声不吭。我试着同她搭话,她的眼睛却一动不动。我对我的护士说:

"这孩子很有出息啊!"

后来,这女孩子不见了。

我问护士:"那孩子也做了手术?术后情况好吗?"

"她没做手术就回家了。看到临邻病床的孩子死了,她执拗地说:'我就不愿做手术,要回家,不愿做手术,要回家。'谁的劝说她都不听。"

"嗯……但是,她会不会夭折呢?"

这回我到京都,就是为了去看望这个如今已经成人的二八妙龄的姑娘。

雨敲打在客车车窗上的声音,把我从朦胧的梦境中惊醒。幻影消失了。我又快要打盹儿的当儿,听见雨点打在车窗上的声音。转眼间,风雨交加,雨点敲打车窗的声音越来越激烈了。打在窗玻璃上的雨点,一滴滴地顺着窗玻璃斜斜地流落下来。有的雨点从车窗的一端流到另一端。流着流着,短暂停住,接着又流动起来。流流停停,停停流流,显得很有节奏。一滴滴水点,后面的赶超前面的,上面的低低地落到下面,画出一道道交错的线。我从流动的节奏中,听到了音乐。

我觉得火降在红叶尽染的山上的幻影,是静谧无声的。然而,敲打在车窗玻璃上流动着的一滴滴雨点的音乐，却又变成了那降火的幻影。

后天，在京都某饭店的大厅里将要举办新年和服表演会，我应和服店老板的邀请前往参观。服装模特儿当中有一个叫别府律子的，我忘不了她的名字。但是，我不知道她当了服装模特儿。我没有去欣赏京都的红叶，宁可来观看律子的表演。

翌日，依然秋雨绵绵。下午，我在四楼的大厅里观看电视。这里像是宴会大厅的休息室，已有两三对婚宴的客人，显得十分拥挤，打扮好了的新娘子也从这里经过。我偶尔回头，看见排号早的新郎新娘从会场里走出来，站在我的身后拍摄纪念照片。

和服店老板就在那里致辞。我询问，别府律子来了吗？老板立即用眼睛指了指近旁。原来律子正用不和悦的目光，凝望着站在被秋雨打得朦朦胧胧的玻璃窗前拍纪念照的新郎新娘。她紧闭双唇。这位亭亭玉立的美丽姑娘还活在人世间，我本想驱前探问：还记得我吗？想得起来吗？可我终究还是踟蹰不前。

"明天的表演会，我们请她穿上新娘礼服，所以……"和服店老板在我的耳边悄声说了这么一句。

信

已是爽朗的季节，敬察贵体愈加康健。

近来，我从天天都沉溺在妻子之死的气氛中，轰然掉下来似的在新天地中出生，并同亡妻密切如生地开始了游戏。请放心吧。

却说我替代亡妻，同她的亲属亲近，惊愕于亡妻许多侄女把她称作"姑妈"。我在这些侄女身上，看见了活着的亡妻。这些姑娘中的两位，天资过人。亡妻喜欢艺术和日本文学，却没能以此为业。我蓦地起了一个念头：让她们研究艺术和日本文学吧。于是便和她们商量。想不到她们和双亲兴致勃勃地来了。我要着手训练这两个姑娘。又有一段时间，亡妻要在这两个姑娘之上"尽情游戏"了吧。

我拜托久米女士照料那个继承亡妻的艺术爱好的姑娘。久米女士接受姑娘为弟子，教授"地歌"[1]。姑娘承蒙师傅的特别提携，入门四五个月就获得了第一次登台的机会。幸亏是稍谙古筝的缘故吧。不过，这种过分的关照，也意味着师傅承认姑娘的素质好。她是个健康而细心的姑娘，她的才干是可以充分发挥的。才干能通向天才吗？可以说，这是对未来的重大考验。亡妻未能实现的愿望的这一角，好歹

---

[1] 即上方歌，江户时代最初在上方（今京都一带）兴起的由三弦伴奏的日本歌曲。

在现实中露了出来。看见她使用自己亡妻的遗爱——象牙琴码来弹奏《劝进帐》,也就不由得热泪盈眶。

准备研究日本文学的侄女,进了庆应大学的日本文学系。先前她吟过诗歌。那首诗歌虽像一条小径,但也有其纯真的地方。最近她说,她想写小说。就以这姑娘的诗作素养转向写小说,显然还有些肤浅。我规劝她要等到二十五岁,才能判断自己是不是真心喜欢小说。

前些日子,我给亡妻扫墓,归途发现了一位姑娘。她就是我和亡妻老早留心物色的理想的姑娘。是在路上邂逅的,她芳龄十六,有地位、人品好、容貌标致,是位桃山时代型的女子。正好她的双亲相随,我征得了他们同意,给她拍几张相片。于是,我托付摄影大师金田先生到姑娘家里去拍。相片冲印后,送给了他们过目。亡妻和我心中都希望,倘使两家的条件合适,就娶她做儿媳妇。这是左右一对男女命运的大事,不能轻易开口。连对姑娘的双亲,我们也没有谈及这件事。后来我们打算暗中观察这位姑娘如何成人。大概是亡妻保佑这位姑娘的美吧。

在我看来,亡妻依然是这样地活着,清醒地游戏着,我也忙得目不暇接。我强烈地感受到亡妻是个现实的生活者,我也与亡妻一起被这些姑娘的命运所摆布。

我想见见曾从富山县前来吊唁亡妻的禅僧,便决定下月初观赏红叶之时顺道前往。倘使这僧人像念佛般絮叨,哪怕将他打倒,也要让他改正。这年轻僧人一接到亡妻的讣告,就从富山的农村哭着出城来,哭着到了我家和坟场,还哭着回去了,简直成了泪人儿。据说亡妻墓地的篱笆前原是栽瑞香的,所以他在寺庙的庭院里也栽了瑞香,以怀念亡妻。可墓地的篱笆前栽的是莽草。所以为了同那边相照应,我在墓地栽了瑞香。

对我和亡妻来说,墓地只不过是幽会的场所罢了,一起去一起归。近来总觉得不论生也罢死也罢,不怎么像是有棱有角的定型的东西,它没有具体或抽象的,也没有现在、过去和未来的极其明显的界限。亡妻没有生死界限的生命之恩爱,也惠及了先天愚笨的我,如今更该报答了。

我们有着长期的交情,我将上述由于亡妻的关系而与我有了联系的姑娘们的情况略告一二,请予见谅。

邻居

"要是你们，老人们一定会高兴的。"村野望着新婚的吉郎和雪子说，"家父家母耳背，难免有不适当的地方，请不要介意。"

为了工作方便，村野迁居东京，老父老母则留在镰仓家中。二老住在厢房里，所以选择堂屋租赁给住客。因为他考虑，与其将房子上锁空放，不如住人更好些。再说，这样一来，老人也不至于寂寞。房租是象征性收一点的。吉郎他们这桩婚姻的媒人是村野的老相识，经他搭桥，吉郎带着雪子前来见村野。这两人互相看中了，村野说："那么好吧。"还说：

"住在耳背的老朽身边，就要骤然开花的啊。我并非只考虑你们是新婚，而且考虑到让新婚夫妇住进来，可以想象得到老房和老人都会受到你们二位的青春的熏陶。"

镰仓这所房子坐落在镰仓多见的山谷深处。正房六间，这对新婚夫妇住得太宽敞了。搬来那天晚上，他们不论是对房子还是对环境的静寂，都很不习惯，六间房子都灯火通明，连厨房和门厅的灯火也是通宵长明的。他们住在十二叠宽的房间里。这是最宽敞的一间，然而把雪子的衣橱、梳妆台、卧具和其他嫁妆先搬进来以后，就连坐的地方都没有了。这样，两人反而释然了。

雪子将做项链用的珠子组合成各式各样的样式，准备重新串成一条新的项链。雪子的父亲曾在中国台湾待过四五年，这期间他从当地老百姓那里收集了二三百颗古老的琉璃珠子。雪子出嫁之前，从中挑选了自己喜爱的十六七颗，串成项链，新婚旅行就带在身边。这些原来是父亲的玩赏物，雪子告别父母双亲时的那份感伤，也就寄托在这些珠子上了。度过新婚初夜的翌晨，雪子戴上这条项链。吉郎为之神魂颠倒，拥抱着雪子，热烈亲吻她的脖颈，亲吻她的脸颊。雪子觉得痒痒，一边喊叫一边扭动脖颈躲闪，项链断了，珠子散落一地。

"哎呀！"吉郎喊了一声，松开了雪子。两人蹲下来，把散落一地的珠子捡了起来。雪子看见吉郎跪在地上爬行似的觅寻珠子，禁不住笑了起来，很快变得融洽无间了。

来到镰仓当晚，雪子把当时捡起来的琉璃珠子重新组合，串成一条新的项链。珠子五光十色，形状百态千姿。有圆的、方的，还有细管形的。有红、青、紫、黄，虽说是原色，但天长日久，变得陈旧，色泽也不那么鲜艳了。珠子的图案也呈现出当地人纯朴的情趣。珠子的组合有些变化，项链也多少给人一些不同的感觉。这些珠子本来就是当地人做项链用的，每颗都有穿线的孔。

雪子将珠子摆来摆去，在设法变换花样。吉郎却说：

"原来的组合，你不记得了吗？"

"是和爸爸一起排列的，没有全记住。我要按你喜欢的重新组合，你等着瞧吧。"

两人相依相偎，一心构思组合琉璃珠子，把时间都忘了，已是夜深时分了。

"外面是不是有什么东西走动？"雪子竖起耳朵静听。原来是落叶的声响。听上去枯叶不是飘落在这家的房顶上，而是飘落在堂屋后面的厢房房顶上。起风了。

翌日早晨，雪子呼唤吉郎：

"过来瞧瞧，快些过来瞧瞧……后院的老人家在喂老鹰呢。老鹰在和他们一起吃饭哪。"

吉郎站起身走了出去。是个大晴的小阳春天气。厢房敞开着拉门，阳光投射进饭厅里，可以窥见老两口正在用餐。厢房是以堂屋后院的小斜坡为界，修了一道低矮的山茶花篱笆。山茶花盛放，厢房恍如浮在山茶花的岸边上，三面环山，掩映在小山上披满红装的杂树林中。山茶花和杂树林的红叶，沐浴着深秋的朝阳，阳光连厢房里头都照得暖融融的。

两只老鹰靠近餐桌，仰起脖颈。老两口把盘里的火腿煎鸡蛋放进自己的嘴里嚼碎，然后用筷子夹住喂它们。每喂一口，老鹰就微微动一动翅膀。

"真在驯服它们啊！"吉郎说，"咱们去打个招呼吧。虽说他们正在吃饭，也没关系吧。再说，咱们也想看看那可爱的老鹰啊。"

雪子进屋换了装,脖颈上还佩戴了昨夜串成的珠子项链。

他们两人一走近山茶花矮篱笆,两只老鹰冷不防地腾空飞去。那振翅声传入两人的耳鼓里,他们不禁吓了一跳。雪子"啊!"地惊叫了一声,抬头望着在空中飞翔的老鹰。那山鹰像是从别处飞到老人身边的。

吉郎为让他们住在堂屋,郑重其事地向老人施礼致意,还说:"真对不起,我们把老鹰给吓飞了。它们真能被驯服啊。"

然而,老两口似乎什么也没有听见,也没有想要听见,只是挂着一副呆滞的面孔盯着这两个年轻人。雪子把脸转向吉郎,用眼睛探询:怎么办才好呢?

"欢迎你们到这儿来。老婆子,这么漂亮的一对年轻人成了我们的邻居啦。"老人出其不意地喃喃说了一句。他老伴似乎连这句话也没有听见。

"邻居是聋子,你们就当他们不在好啰。我们尽管耳背,却很喜欢年轻人,别讨厌我们,故意躲开我们啊!"

吉郎和雪子点了点头。

老鹰似乎在厢房的上空盘旋,传来了可爱的鸣叫声。

"老鹰好像还没吃完食,又从山上飞下来。我们不好再打扰它们。"吉郎催促雪子走开了。

树上

敬助的家,坐落在大河濒临入海处的岸边上。大河和庭院相接壤。河堤稍高,从家中望不见河流。松树成行的古老河岸,比河堤低了一截,看上去松树就像是敬助家院子里的树木。松树前面围着小叶罗汉松的树篱笆。

路子用双手扒开树篱笆来同敬助玩耍,不,来同敬助相会。路子和敬助是小学四年级的学生。她不走正门,也不走后院小门,偏偏从树篱笆钻进来,这是两人相约的秘密。对女孩子来说,这并不是轻松的事,因为得用两只胳膊抱住头和脸,弯腰挤进树篱笆里。有时候,要么摔倒在庭院里,要么让敬助抱出来。

她说每天来,看见敬助家里人不好意思,敬助便教她钻树篱笆这个办法。

"我喜欢这样,可心里扑通直跳呢。"路子说。

有一天,敬助爬上松树,这时候路子来了。路子目不旁顾,急步从河岸上走来,到了平常钻的树篱笆处就停住了脚步,环视了四周。然后将三绺头发编成的长辫子绕到前面,用嘴衔住辫子中央部分,旋即摆好姿势,挤进了篱笆。待在树上的敬助倒抽了口气。路子钻进篱笆到了庭院,没有看见理应在庭院的敬助,有点害怕,后退了几步,躲进了树篱笆的背阴处。敬助看不见她了。

"路子,路子。"敬助呼唤。

路子从篱笆里出来,扫视了一下庭院。

"路子,松树呀,我在松树上呀。"敬助对着循声仰望、几乎说不出话来的路子说,"来呀!出来呀!"

路子从树篱笆钻出来,抬头望着敬助说:"下来吧。"

"路子,爬上来吧。树上可好啦。"

"我爬不上去呀。心眼真坏,男孩子心眼真坏。你下来嘛。"

"爬上来吧。有这么多枝丫,女孩子也能爬上来啊。"

路子望了望枝丫。

"要是掉下来,就怪你。摔死了,唯你是问哟。"

路子先攀着下面的枝丫开始往上爬,爬到敬助所在的枝丫上,她气喘吁吁地说:"爬上来了!爬上来了!"

接着,路子又目光炯炯地说:"真可怕,抓住我啊!"

"嗯。"敬助靠近过来,把路子紧紧搂住。

路子也抱住敬助的脖颈,说:"看见海啦!"

"全都可以看见了,连河对岸、河上游都……爬上来多好啊,对吧?"

"是好啊。阿敬,明天还爬好吗?"

"嗯。"敬助沉默片刻,又说,"路子,这是秘密啊。我嘛,常爬树,待在树上,这是秘密。在树上读书、学习。可不能告诉任何人哟。"

"不告诉。"路子点点头说,"为什么要变成像鸟儿一样呢?"

"我只对路子说的啊。爸爸妈妈吵架吵得很厉害,妈妈说她要带我回娘家去。我不愿意他们吵架,就爬到庭院里的树上躲藏起来。家里人说敬助不见了,四处寻找,怎么也找不着。父亲到海边去找,我在树上看见了。这是去年春上的事。"

"为什么吵架?"

"还用说?爸爸另有新欢呗。"

"……"

"从此以后,我常常待在树上,爸爸妈妈都不知道。要保密啊。"敬助再叮嘱了一句,"路子,从明儿起,把学校的课本带来,在树上学习吧。成绩会好起来的。这是庭院里的一棵厚皮香树,叶子繁茂,从下面或别的地方都看不见。"

两人在树上约定的"秘密",约莫持续了两年。两人可以自由自在地待在粗大的树干分出枝丫的地方。路子跨在一枝枝丫上,背靠另一枝枝丫。有些日子,小鸟飞来;有些日子,风吹树叶沙沙作响。距地面并不算太高,然而两小无猜的他们却觉得仿佛是待在远离地面的另一个世界里。

骑马服

荣子抵达伦敦饭店，一进房间就把窗帘关严，倒在床上。她闭上眼睛，连鞋子也忘了脱，伸出床边上的脚脖子一晃，鞋子就落在地板上。

从日本乘飞机绕道北方，途经阿拉斯加、丹麦，她感到的不仅是孤身只影的旅途疲劳。这种疲劳，仿佛把女人人生的疲劳、她与井口过夫妇生活的疲劳都一起带出来了。

频频传来小鸟的啁啾鸣啭。饭店坐落在荷兰公园旁边的一条幽静的住宅街上，公园的树丛中竟有如此众多的小鸟。季节来得比东京晚，五月树木发芽、开花、小鸟鸣啭，这是伦敦的春天。但是，关上窗看不见外面，听见小鸟啁啾，并不觉得是来到了遥远的国度。

"这里是英国的伦敦呀。"荣子即使这样对自己说，还是觉得仿佛在日本的高原地带。小鸟啁啾一般会让人联想到山，可是荣子脑子里浮现的却是高原，因为高原上有她幸福的回忆。

……十二三岁的荣子，曾同伯父和两个堂兄妹骑马飞奔在高原的绿色道路上。她见过小小年纪的自己的姿影。荣子被伯父开朗的家庭吸引，越发懂得同父亲两人所过的是黯淡无光的生活。她一骑上马，简直就把父亲的死忘得一干二净。然而，这种幸福并不长久。

"荣子，堂兄妹可不行呀。"堂妹茂子这么一说，这种幸福就受到了伤害。十四岁的荣子，明白茂子简短话语的意思。茂子是在告诫自己：同堂兄洋助恋爱和结婚是"不行"的。

荣子喜欢给洋助剪指甲，掏耳朵。洋助夸她真棒，她高兴极了。做这些事的时候，荣子那种忘我的模样触怒了茂子。后来，荣子与洋助保持了一定的距离。她与洋助在年龄上有差距，她只是个少女，做梦也没有考虑过结婚之类的事。不过，茂子的话倒提醒了她，促使她情窦初开。到了很久以后，她才逐渐意识到原来那就是初恋。

洋助结婚，拥有了自己的家。茂子也结婚，离开了娘家，剩下荣子留在家里。荣子心想，这大概也会使茂子看不顺眼吧。于是，她迁入了女子大学的学生宿舍。后来听从伯父的话，她结婚了。丈夫失业，荣子就在大学预科入学考试的预备学校里教授英语。这样的生活持续了四五个年头，荣子后来就与伯父商量离婚的事。

"我觉得井口越发像家父了。"荣子倾诉丈夫的事，"家父要不是那样子，我对井口也许还可以忍受。可是一想起家父，我就觉得自己仿佛同一个没有能力的人生活在一起，这种命运纠缠住我，我坐立不安。"

在她与井口结婚的问题上，伯父是负有责任的。伯父看到荣子焦急的样子，觉得让她离开日本一段时间，哪怕花二十天或一个月去英国旅行，仔细思考思考也好。于是他便给她出了旅费。

在伦敦饭店里,荣子一边倾听小鸟的啁啾呜啭,一边回想自己骑马的幼小姿影,顿时觉得耳鸣。耳中仿佛听见了瀑布的倾泻声。那瀑布的声音越来越高涨,荣子几乎要"哇"的一声高喊起来。于是,她惊醒了。

……荣子拿着父亲的信,怯生生地走进某大厦七层的公司董事办公室。这个人在大学预科时代与父亲是同班同学,他看见荣子,便问道:"你多大了?"

"十一。"

"嗯,告诉你父亲,不要使唤孩子……孩子怪可怜的……"他挂着一副讨人嫌的面孔,把钱递给了她。

荣子把他的话如实地传达给在大厦下面等待的父亲。父亲挥舞手杖,脚步不稳,说道:"畜生!瀑布倾泻着呢。我被那瀑布敲打着啦。"然后抬头望了望大厦。荣子感到仿佛真的有瀑布从七楼的窗口向父亲身上倾泻而来似的。

荣子带着父亲的信,去了三四家公司,都是父亲的同班同学经营的公司。她挨家都转过了。母亲厌烦父亲,就同他分手远去。父亲轻度脑溢血后,成了瘸腿,走路需要拄拐杖了。去瀑布倾泻的那家公司后的第二个月,她又去了另一家公司。

"你不是一个人来的吧。你父亲躲在哪里了?"对方说。荣子不经意地把视线移向窗户那边。对方打开窗扉,往下面瞧了瞧,说:"哎呀，怎么啦？"

荣子受到这种声音的诱惑，也透过窗户往下望去，只见父亲倒在下面的马路上，周围聚集着许多人。这是第二次脑溢血，父亲死了。荣子感到，仿佛是公司的瀑布从高高的窗户上倾泻下来，把父亲击毙的。

在刚到达的伦敦饭店里，荣子就听见了那种瀑布的声音。

星期天，荣子去海德公园，坐在池岸边的长椅上观望水鸟。传来一阵阵马蹄声响，她猛然回头望去，只见双亲和两个孩子，四人并排骑着马过来。连十岁左右的女孩和比她约莫大两三岁的男孩都整齐地穿上了正规骑马服，荣子颇感震惊，他们简直是个小绅士、小淑女的姿态。她一直目送着这户人家策马扬鞭远去，想着要在伦敦寻找出售那种好款式的骑马服的商店，哪怕只用手去抚摸一下也好。

喜鹊

一位老朋友——西洋画家带着两幅雪景图来访。我们在客厅里一边赏画一边闲聊。友人冷不防地立起来，站在走廊的一端眺望着庭院，说：

"喜鹊飞来了。"

"喜鹊？"我重复了同样的话，"那些鸟是喜鹊吗？"

"是喜鹊。"

"哦？镰仓也有喜鹊？"我难以置信。

友人是风景画家，他经常到山野旅行写生，对鸟类了如指掌，大概确是喜鹊吧。不过，没有想到喜鹊竟也飞到庭院里来。

不是一般的没有想到。因为一听说是喜鹊，我就联想起许多日本古诗所歌赞的喜鹊来。也有"喜鹊架桥"的传说。七夕之夜，成群的喜鹊翅膀连翅膀地搭起了鹊桥，让牛郎和织女在银河上相会。

就是那些喜鹊，几乎每天都飞到我家的庭院里来……从友人那里听说是喜鹊那天，已是阳历七夕之后的五六天了。

就算友人弄错，那些不是喜鹊，客人来时，我也会说着"喜鹊飞到庭院里来了"，让他们观看这些鸟儿。

然而，友人说"是喜鹊"，他站在廊道上观看的时候，我依然在客

厅里,说:

"估计有六七只,是啊,甚至有十只,经常飞到庭院里来。"

我不想站起来与朋友一起走到廊道上去观看小鸟。因为这些鸟经常见,已是熟识的了。与其走到廊道上去观看小鸟,不如去考虑这些鸟儿的名称。一听到"喜鹊"这个名字,这鸟儿就立即渗入我的感情里。今天知道是"喜鹊"这个名字之后,和知道之前,我对这种鸟儿,从感情上说就不一样。虽然各种事物的名称中可以起这种作用的词儿不少,但是日本古诗中的"喜鹊"这个词儿在我的脑海里浮现时,我仿佛听见了一种亲切的湍流声。

在庭院里常看见这些鸟儿,我颇感亲切。

"这叫什么鸟儿?"过去我多次询问过家里人,"虽说像长尾鸡,不过如果是长尾鸡又太大。叫什么鸟儿呢?"

我不知道那些鸟儿的名字,但愿它们每天都飞到庭院里来。但愿它们明年、后年……年年都飞来。这些鸟十只成群地飞来。从庭院树木飞落在草坪上,四处觅寻饵食。我想撒些饵食,但不知道什么是它们的饵食。

我家坐落在镰仓大佛附近,背靠小山,山后重山叠峦,鸟群不时飞来。候鸟群也随季节转换而来。也有些鸟儿长年栖息在我家的后山里。除了麻雀以外,还有鸢、黄莺、小枭鸟等。凭着鸟儿的鸣声,是很容易辨别出来的。我喜欢听鸟儿的啼鸣。随着季节的不同,可以听见黄莺的啁啾,也可以听见小枭鸟的鸣啭。

"啊,今年它还活着。"听到它们的鸣叫,我高兴万分。在这个家居住了二十年,我同鸟群的交情也有二十年了。我以为二十年前的鸟儿会一直活到今天。我不曾考虑过鸟儿的寿命问题。有一回,我忽然察觉到自己太粗心大意了。

"黄莺大概能活几年?鸢大概能活几年呢?"我对家里人说,"我以为每年飞来的都是同一只黄莺、同一只鸢,其实,从二十年前算起,不知繁衍第几代了。"

初春的黄莺用雏鸟的吱喳声啼鸣,每天反复练习,终于唱出了黄莺的歌。每年我都听见,就是不知道那是去年的黄莺忘了歌唱、如今重新练习呢,还是今年出生的雏莺开始练唱?

二十年间,我家后山的鸟儿生生死死,周而复始,不知繁衍到第几代了,它们飞到我家庭院的树上啁啾鸣啭,飞到屋顶上啁啾鸣啭,夜间也如此。我怎么竟把它们看作是活了二十年的同一只鸟儿呢?

然而,自从友人告诉了我这种鸟名之后,我在庭院里常见的这种鸟儿,顿时渗入我的感情里,一想起"喜鹊"这个词儿,就不禁感到那是不知经历了多少代古人的古诗的心啊!

喜鹊的鸣叫并不悦耳,细长身姿的动作也不稳重,我感到它们同歌赞喜鹊的古诗、"喜鹊架桥"的传说联系不起来。倘使联系不起来,我就再也不能看见飞到庭院里来的鸟群了吗?

飞到我家庭院的鸟群理应不会知道远古时期人们就给自己起了"喜鹊"这个名字，也不会知道自己会唱歌，它们确实是活生生的一群……

将这些鸟儿叫作"喜鹊"的友人，是九州出身的。

不死

老人和少女在悠然漫步。

两人有许多奇妙的地方。他们以情人的姿态相偎相依，仿佛没有意识到彼此在年龄上少说也相差六十岁。老人耳背，几乎听不见姑娘说话。姑娘上身穿着紫地白色小箭翎状花纹的和服，下身穿着紫里透红的裤裙，和服袖稍长了点儿。老人是一身像妇女的田间劳动服似的衣衫，却没有戴手背套和绑腿。这是一身棉布筒袖和服和扎腿裤，很像妇女的模样。他腰部消瘦，衣衫腰身肥大，很不适体。

两人在草地上走不多远，眼前就架着高高的铁丝网。再往前行走，定会撞在铁丝网上。可这对情人却熟视无睹，没有止步，犹如一阵微风似的径直穿过了铁丝网……

或许是穿过了铁丝网，姑娘才觉察的缘故吧，她"啊"的一声，莫名地望了望老人，说：

"新太郎，你也能穿过铁丝网吗？"

老人没有听见。

然而，老人却抓住了铁丝网的网眼，一边摇晃一边说：

"混账！混账！"

老人用力过猛，巨大的铁丝网向前移动，他打了个趔趄，双手却依然抓住铁丝网，看起来像是要向前倾倒。

"危险！新太郎，你怎么啦？"

姑娘搂抱住老人的胸膛，把他扶住了。

"手松开铁丝网……你变轻了。"

老人好不容易站稳脚跟，困难地呼了一口气。

"噢，谢谢！"老人又抓住了铁丝网的网眼，这回只是用一只手轻轻地……然后用聋人特有的大嗓门喊道："每天我都在这铁丝网里侧给人家捡球，整整捡了十七年啊。"

"才干十七年就说时间长了啊？太短了嘛。"

"人家随心所欲地把球打过来，撞击在铁丝网上，发出砰砰的响声。起初我不习惯，心怦怦地跳动，吓得缩起脖颈来，就是这种噪声把我的耳朵震聋的。混账的东西！"

这是高尔夫球练习场，铁丝网是用来保护捡球员的，所以网底装有轱辘，可以前后左右挪动。跑道和旁边的练习场地之间，由树丛隔着。这里原先是一片宽阔的杂木林，现在被砍剩下来的，像是不规则的街边绿化树了。

两人背向铁丝网信步而去。

"听见海涛声了，多么令人怀念啊！"为了让老人听见这句话，姑娘把嘴凑到老人的耳边，"听见令人怀念的海涛声了。"

"什么……"老人闭上眼睛，"那是美佐子甜美的呼吸声，依然如故啊！"

"你没有听见令人怀念的海涛声吗？"

"海？什么海……令人怀念？"

"是令人怀念啊。阔别五十五年，我回到了故乡，新太郎也回到了故乡，令人怀念啊。"老人再也听不见什么，但她依然说，"我投海是对的啊。这样我可以永远思念新太郎，越思念越苦恼，以保持投海时的那股心境……我的记忆和追忆也只能是十八岁以前这一段。在我的心目中，新太郎永远是年轻的……新太郎，你自己也是这样的嘛。倘使十八岁那年我不投海，如今回到了故乡，你又来相会，我不就成老太婆了吗？我可不愿意啊。那就无法见面了。"

老人像聋人似的自言自语："我到东京去，失败了，老朽了，最后回到故乡来。我请求高尔夫球场老板雇用我，因为这球场就在大海边，这大海又是被迫同我分手的姑娘忧郁至极而投海的地方。我苦苦哀求，情真意切地……"

"咱们俩散步的这一带地方，原先是新太郎你们家的山林。"

"我只会在练球场上捡捡球，已经弯了的腰背更加酸痛了……可是我又想，有个姑娘为我投海殉情啊。悬崖就在眼前，步履蹒跚也能跳下去啊。"

"我可不愿意。你要好好地活下去……倘使新太郎死了，这人世间就不会再有人像新太郎那样回忆起美佐子啰。美佐子不就真的完全死去了吗?"姑娘纠缠不休地说。

老人还是听不见。然而,他紧紧地拥抱纠缠不休的姑娘,说:

"对,一起去死吧。这回……你是来接我的吧?!"

"一起?不过,新太郎,为了我,你还是要活下去,要活下去……"姑娘抬眼把视线投在老人背后的大树上,指着它扬声说,"哟,大树还在呢。三棵都依然如故,令人怀念啊。"

老人也把视线投在三棵大树上。

"那些高尔夫球客非常害怕那些树,都说要把它们砍掉,说什么他们打出去的球都被那些树的魔力所吸引,拐到右边去了。"

"这种球客早晚会死掉的,肯定会比已经耸立了几百年的古木早死的。他们不了解人的生命究竟有多长,所以才说这些话的。"

"几百年来,我的历代先祖都很珍惜地照料着这些大树,我出卖这块地皮时,是以不砍伐这三棵树作为条件的。"

"咱们走吧。"老人被急于向前走的姑娘拉着手,跟跟跄跄地走近大树旁。

姑娘倏地从树干穿过去了。老人也穿过去了。

"啊?"姑娘惊异地凝望着老人,"新太郎也死了吗?死了吗?什么时候?"

"……"

"死了吗?是真的吗……在阴府里咱们怎么没能相会呢?奇怪啊。

239

来,是生是死,让我们再一次穿过树干试试看。要是新太郎死了,咱们就可以一起钻进树里啰。"

老人和姑娘在大树干里消失,再也没有出来。

三棵大树的后面,小树莽莽,苍茫的暮色开始笼罩其间。海潮呼啸的远方天际,朦胧地泛起一片淡红色。

月下美人

夏天，月下美人花绽开之夜，小宫把妻子的校友邀到家中做客。此后连续三年都如此。

最先到来的是村山夫人。她一步入客厅就戛然驻步说："啊，太美了！啊，太美了！开了这么多花啊？比去年还……"她看见了月下美人，"去年是开了七朵吧？今年开几朵呢？"

在古色古香的木造洋房宽敞的客厅里，桌子被置在一旁，正中央放了一个圆底座，那盆月下美人花就放在上面。花盆低矮，但月下美人花向上伸展，抬头始能望及。

"这是梦境中的花……洁白的梦幻之花啊！"夫人说了一句与去年夏天同样的话。前年她第一次看见这种花时，就用极其激动的声音说过同样的话。

夫人靠近月下美人再观赏一番之后，来到小宫跟前感谢他的邀请，并对小宫身边的姑娘说：

"敏子，今晚太感谢了。你长高了，变得更可爱了……敏子也要像月下美人那样，比去年多开一倍啊。"

姑娘望了望夫人的脸，默默无言，她不腼腆，也不微笑。

"一定是精心栽培的吧。"夫人对小宫说，"要让它开出这么多花，得……"

"今晚开的花可能是今年最多的了。"也许小宫想说"正因为这样,才急于今晚邀请诸位的",可是,话声里却没有这样的兴致。

村山夫人来得最早,不仅是因为从她宅邸所在的鹄沼海岸到叶山这儿近。小宫首先给村山夫人打电话让她们今晚来,夫人马上打电话邀东京的朋友们来。夫人告诉了小宫电话联系的结果:五位夫人中,两位因事不能来;一位要等候丈夫归来,尚未决定;今里夫人和大森夫人要来。

"大森说:'三人?今年人数减少了,把岛木也邀来好吗……'岛木是头一次来。我们班上没有结婚的,大概剩下岛木一个人了吧……"村山夫人说。

敏子从椅子上站起来,绕过月下美人那边,似乎要走出去的样子。

"敏子!"夫人把她叫住,"咱们一起来赏花吧。"

"我已经看过开花了。"

"正在开的时候,你看过了?和你父亲两人看的?……敏子,月下美人花是怎样绽开的呢?"

姑娘没瞧夫人一眼,头也不回地走了。

夫人想起前年曾经听小宫说过,是像微风摇曳那样绽开,像荷花那样绽开的。

"敏子是不是不愿见她母亲的朋友,不愿听有关她母亲的故事呢?"夫人说,"我还是希望幸子在这儿一起赏花啊。幸子在,小宫也许就不栽什么月下美人之类的花儿了……"

"……"

前年夏天的一个晚上,村山夫人到小宫家里来,劝说他同已分手的妻子言归于好,当时看到了月下美人花。于是,她征得小宫的同意,邀来了幸子的朋友一起赏花。

传来了汽车的声音,今里夫人来了。已过九点半了。月下美人入夜才开花,两三点钟就凋零,是一夜之花。大森夫人晚了二十分钟带着岛木澄子来了。村山夫人将澄子介绍给小宫,说:

"她年轻得招人恨啊,对吧?长得太美,就不结婚了。"

"是因为身体太弱嘛。"澄子目光闪亮,月下美人早已把她的视线吸引过去了。只有澄子是第一次观赏这种花。澄子伫立在月下美人花前,环绕着它慢悠悠地转了一圈,看得出神,还把脸靠近花儿。

从长长的叶尖长出来的粗茎上绽开的大白花,在透过敞开的窗扉卷进来的微风吹拂之下,微微地摇曳着。它不像花瓣细长的白菊,也不像是雪白的西番莲,是一种妙不可言的花儿,宛如飘浮在梦幻中的花。三根枝干用竹子支撑着,上方长着茂密的浓绿叶子,那儿也盛开着花儿。它属仙人掌类,在叶子上又长出叶子来,雌蕊很长。

小宫被出神地赏花的澄子吸引,站起身来走了过去。澄子似乎没有觉察。

"如今虽然日本到处都有人种月下美人，可一夜之间开十三朵花儿，还是罕见的吧。"小宫说，"我们家栽培的，一年约绽开六七回，今晚是开得最多的一次。"

接着，小宫指着形似百合花的大朵蓓蕾说："这朵明晚开花。"又指着叶子上形似小红豆的玩意儿说："这个将长成叶子，是蓓蕾。像这样的蓓蕾还需要一个月才开花。"

淡淡的花香包围着澄子。比百合花的香还清淡，不像百合花那样浓烈恼人。澄子向椅子走去，视线却依然停留在月下美人上。

"哟，提琴声……是谁在拉提琴呢？"

"是小女。"小宫答道。

"多美的曲子，叫什么曲子来着？"

"这……"

大森夫人说："真是月下美人好伴奏啊。"澄子仰头望了望天花板，然后走到庭院的草坪上。下面跟前就是海。

澄子折回到客厅，说：

"令爱还很小啊。在二楼阳台上……她不是面向大海，而是背向大海在弹奏。是不是这样更好呢……"

地

一

一个女子身着太阳,脚踏月亮,头戴十二星辰的桂冠。这女子怀孕了。因为分娩的痛苦和烦恼,她又哭又喊。

二

"从前,我喜欢的水车小路旁,不知什么时候也盖起了小小的天主教堂。而且,这美丽的原木造的教堂从蒙上白雪的尖屋顶下,已经开始看见发黑的墙板了。"堀辰雄的小说里有过这样一段描述。这座圣保罗教堂的屋顶铺的也是薄木板,内里好像是合掌式结构的。圣坛上方的尖塔、十字架,当然也是木造的。

三

　　堀辰雄所描述的情景,已是二十五年前的往事了。如今,小伙子和姑娘穿着一身夏日白昼的装束,在轻井泽悠闲地游逛。

　　"那番可怕的话,是母亲走过这座教堂前的时候告诉我的。"说着,小伙子停住了脚步,望了望教堂。姑娘也望了望教堂,而后瞧了瞧小伙子的脸,说:

　　"不过,你相信你的母亲啊。你相信母亲,就是因为确实有父亲嘛。"

　　"……"

　　"我想相信母亲也无从相信啊,因为我是个没有父亲的孩子,是个绝对没有父亲的孩子啊!"

　　"就是孩子相信母亲,也无法确切知道父亲的存在。父亲必须相信母亲。倘使父亲怀疑母亲的话,那么怀疑就没有尽头了。"

　　"不过,即使是怀疑,你至少也有个可怀疑的父亲啊!可我连个幻想的父亲也没有。莫非监狱就是我的父亲?"

　　"我没有任何一点像父亲。"

　　"是啊。是不像。可也没有一点像母亲啊!"

　　"这是为什么呢?"

四

"那不是我的孩子。我怎么知道是谁的孩子呢?"

二十多年前,年轻的母亲走过这座教堂前宣告怀孕的时候,年轻的父亲就说出这番可怕的话来。

只同这一个男子交往的年轻姑娘震惊和恐惧之余,连证据也都失去了。男的否认,女的也就束手无策。

姑娘作为证据,把生下的男孩带回到小伙子家中,让他看看。

"他不是我的孩子!我怎么知道是谁的孩子呢?"小伙子矢口否认,"他是个淫荡的私生子吧。"

姑娘的恐惧变为愤怒,操起手边登山用的刀,企图捅死手里抱着的婴儿。小伙子将婴儿夺了过来,一脚把姑娘踢翻在地。姑娘把婴儿的父亲刺伤了。

这时,在贞洁的姑娘心中犹如闪电似的闪现出一幅画来,这是一幅古老的地下礼拜堂惩戒淫乱的壁画。上面画着两条白蛇咬住女子的两个乳房,通过基督的手,用扎枪从女子的左乳房刺进了她的胸膛。基督用扎枪把女子刺死了——姑娘喊叫起来了。

小伙子的伤势很重。小伙子和家人并没有宽恕姑娘,他们为了维护自己费尽了唇舌,最终将姑娘逮捕了。

五

在囚徒中,她看见了开天神的幻影。

六

刺伤小伙子的姑娘所在的监狱里,也囚禁了另一个年轻的姑娘。她因为疯狂地忌妒,把情人刺死了。她知道姑娘有孩子时非常羡慕。

"我很想生一个他的孩子。可是,已经不能生啦。因为我已经把他杀了。"说着,她拽住姑娘失声痛哭,"我不能再生啦!一辈子也不能再生了,谁的孩子也不能再生了!我要长期蹲监,一直蹲到不能生育的年龄啊。我是个死刑犯。啊,一想到这儿,管他是谁的孩子呢,无论如何也想生一个啊!"

"不管什么样的都行吗?"

"管他呢,是谁的孩子都行!"

"是吗。既然如此,我设法让你生一个吧⋯⋯"

"你不是个女人吗?"

"不久我就会出狱,你好生等着,我会让你生个孩子的。"

七

出了监狱的姑娘，前来探访还留在监狱里的她。

她怀孕了。

监狱里掀起了一场奇怪的风波。她没有坦白她怀的是谁的孩子。在监狱里是不可能怀孕的嘛。看守和其他男囚犯都被挨个调查过，譬如女牢的看守都是女的，没有男人接近她，也没有路通往监狱外。

说教的尼僧既没有说她看到了奇迹，也没有说女囚有圣灵附体，更没有说女囚生了神的孩子。

她在牢房里无忧无虑地给婴儿喂奶，还给姑娘写了感谢信。

姑娘再也没有来同她相会。

八

被从监狱里领走、幸福地成长的，就是那个从圣保罗教堂前走过的姑娘。现在，姑娘什么时候想见出狱的生母，都可以相见。她听了有关自己在狱中出生的情况。

与姑娘同行的，就是那个险些被愤怒的母亲刺伤的小伙子。父亲懊悔了，宽恕了母亲，如今他们结成了夫妻。

"为了救婴儿而负伤的,原来就是我的父亲?"小伙子说。

"是啊。"姑娘点了点头,"没有父亲的我,也能生有父亲的孩子嘛。"

小伙子也点了点头,从教堂前的路走过了。

九

龙在女子的背后,从口里喷出了宛如一条河的水,企图把女子冲走。然而,大地拯救了女子。大地张开大口,把龙嘴里喷出的河水一饮而尽。

白马

枹树树丛中洒下了银色的阳光。

野口蓦地抬起脸,阳光耀目,他眨了眨眼睛,再看了看太阳。光不是直射眼睛,阳光映在茂叶丛中。

一般枹树难得树干长得这么粗,树身长得这么高。以这棵大树为中心,周围立着好几棵枹树,遮挡着斜阳的西晒。下边的枝丫,也没有砍掉。夏日的夕阳,在枹树树丛另一边渐渐地倾斜、西沉了。

树叶繁密葱郁,从这边看不见太阳的姿影。茂叶丛中布满亮光,那就是太阳。这种景象,野口已见惯了。这里是海拔千米的高原,树叶的绿色像西洋树的树叶一样透亮。在夕照下,枹树的叶子变成了透明的绿色,偶尔在微风中摇曳,煌然发闪,恍如光的涟漪。

今天傍晚时分,枹树叶是宁静的,茂叶丛中的亮光也是静谧的。

"嗯?"野口叫了一声。他发现天色昏暗,已不像是太阳还悬挂在高耸的枹树林上的天色,而像是日正西沉的色调。枹叶丛中的银光,原来是飘浮在树丛另一边天际的小朵白云沐浴着夕阳的残照闪现出来的。在苍茫的暮色中,树丛左侧的远方山峦,呈现一派淡蓝色。

映在枹树丛上的银光忽地消失了,茂密的叶子的绿色也黝黑了。丛林的树梢上跃出了一匹白马,飞向灰色的天空。"啊!"野口呼喊了一声，却不怎么惊讶。对野口来说，这种幻影已是不稀奇的了。

"依然骑在马儿上，依然是黑衣啊！"

骑着白马的女子的黑衣，后边拖得长长的在翻卷着。不，是白马蹦跳而腾起的马尾巴，拖得长长的在翻卷着。好像是层层的黑布连在黑衣上，又好像是同黑衣分开的另一种东西。"那是什么东西啊？"野口刚这么想，空中的幻影消失了。骏马的白腿飞跑的样子，残留在他的心中。那是赛马般驰骋的姿势，但马腿的跃动却是缓慢的。而且在幻境中跃动的，只是马蹄子。它像钢铸般尖利。

"背后长长的黑布究竟是什么呢？难道不是黑布？"野口忐忑不安。

野口上小学高年级的时候，曾经在围着盛开着夹竹桃花的篱笆的庭院里，和妙子一起游戏，一起画各种画，还画了马儿。妙子画了腾空的骏马。野口也画了。

"这是踏破青山、喝令神泉喷涌的骏马啊！"妙子说。

"没有画翅膀嘛。"野口说。野口画的马儿是带翅膀的。

"用不着翅膀嘛。"妙子答道，"马蹄子是尖利的呀。"

"骑马人是谁呢？"

"妙子呗。骑马人是妙子呗。她身穿粉红衣，骑着白色的骏马啊。"

"嗯。原来是妙子骑在踏破青山、喝令神泉喷涌的骏马上吗？"

"是啊。野口哥的马儿虽然插上了翅膀，可没有人骑嘛，不是吗？"

"好嘞。"野口连忙在马儿上方又画了个男孩。妙子在一旁观看着。

时过境迁,后来野口不是同妙子,而是同另一个女子结了婚,生儿育女。上了年纪,他已把这件事忘得一干二净。

他想起这件事,是在一个难以成眠的深夜,而且是突然的。儿子大学考试名落孙山,每晚用功至两三点钟,野口很不放心,无法入睡。在接连的难眠之夜,他尝到了人生的寂寞滋味。儿子尚有来年,还有希望,晚上也不睡眠,而父亲躺在床上却不能入梦。这不是为了儿子,而是自己感到寂寥的缘故。寂寞一旦侵扰,就无法拂除,深深地在野口心灵上扎下根来。

为了安睡,野口想尽了各种办法。连静静的幻想和追忆,他都试过了。一天夜里,他无意中想起了妙子那幅白马画来。那幅画,他也记不清了。在黑暗中,他闭上双眼,浮现在脑际的不是小孩儿的画,而是腾空的白马幻影。

"啊,是妙子在骑马,还穿着粉红衣呢。"

腾空骏马的白色姿态,是非常清晰的。然而,骑马人的姿影和色彩却已是模糊不清,似乎不是小女孩。

随着白马的幻影在虚空中驰骋的速度渐渐迟缓,最后消失在远方,野口也进入梦乡了。

这天晚上之后,野口把白马的幻影当作催眠的招数来使用。难以成眠也成为野口的老毛病。每当痛苦和烦恼的时候,是照例要失眠的。

野口自失眠之夜得到白马的幻影解救之后，不知已经过多少年了，那梦幻中的白马的雄姿尽管仍栩栩如生、美妙绝伦。可不知怎的，总觉得骑马人是个穿黑衣的女子，而不是穿粉红衣的姑娘。而且，随着岁月的流逝，在野口的梦中，那黑衣女子的姿容也日渐衰老，更增加了奇异的色彩。

今天，野口不是卧床合眼后，而是坐在椅子上醒着时，就看见了白马的幻影，这是头一遭。幻影中的黑衣女子身后翻卷着像是长长的黑布似的东西，这也是头一遭。虽说翻卷，其实是厚实而沉重的黑色东西。

"究竟是什么呢？"

野口继续仰望着苍茫的灰色天空，白马的幻影消失了的天空。

他和妙子已经四十年未曾相逢，也杳无音讯。

雪

近四五年来，野田三吉总是在元旦傍晚至初三清晨独自一人躲在东京高台的饭店里度过，这已形成了习惯。饭店本来有一个漂亮的名称，可三吉还是将它叫作"梦幻饭店"。

"家父到梦幻饭店去了。"

儿女们对前来三吉家拜年的客人也是习惯这么称呼的。客人们把三吉隐匿行踪，理解为一种雅趣。

"这是在美妙的地方过个好年啊。"有人也这么说道。

但是，三吉的家属是不知道三吉在梦幻饭店里遨游幻境的。

他在饭店的房间，每年都是固定的，就是住在"雪间"。其实只是把饭店的第几号房叫作"雪间"而已。这是三吉自己起的名字。

三吉一到达饭店，立即把室内的窗帘拉得严严实实，而后躺在床上，合上双眼。这样安静地歇上两三个小时。这种姿态，仿佛是从一年到头紧张忙碌积淀的劳顿和烦躁中求得了歇息。烦躁平静下来了，劳顿却反而越发传遍整个躯体。这一点，三吉是知道的。毋宁说，他正在等待走到疲劳的尽头。一旦被拽进疲惫的深渊，头脑就会完全麻木，梦幻将开始浮现出来。

在双目紧闭的黑暗中，粟粒般大的光点开始翩跹起舞。一颗颗光点呈淡金色，晶莹而多芒。随着那金色渐渐冷却，变成白色的微光，颗粒的移动方向和速度一致起来，就成为小雪，看上去像是远方飘忽着的细雪。

"今年新年也下雪了。"

三吉这么想。雪已经是属于三吉的，将按照三吉的愿望飘落。

细雪飘近三吉的眼睑，越下越大，变成了鹅毛大雪。大片的雪花比细雪飘落得更加缓慢。三吉闭锁在无声的静静的鹅毛大雪中。

就是睁开眼睛也可以了。

三吉一睁眼，只见室内的墙上呈现一派雪景。眼帘里的雪，仅仅是飘落的雪片，而墙上所看到的，却是一片下雪的景致。

鹅毛大雪，飘落在寥寥耸立着五六棵光秃秃树木的广袤旷野上。雪越积越多。没有土，也没有草。没有房子，也没有人。满目一派荒凉的景色。可是三吉躺在室内二十三四摄氏度的暖融融的床上，感觉不到雪原的寒冷。室内有的只是雪的景色，三吉自己消失了。

"上哪儿去呢？要把什么样的人叫来呢？"心里这么寻思，但这不是自己，而是任雪摆布。

除了下雪以外，原野上没有任何活动的东西。不久，原野自然流逝，幻化成峡谷的景色。峡谷高山雄峙，溪水沿山麓涓涓细流。涓涓的溪流看似在雪地上止住不动，其实是没有泛起涟漪地在流淌。标志就是，从岸上落下的一团雪在水面上漂流着。这团雪被从岸边伸出的岩石吸进去，止住不动，一忽儿完全消融在水里了。

这是一块巨大的紫色水晶岩。

三吉的父亲在水晶岩上出现了。父亲抱着三四岁的年幼的三吉站在岩石上。

"爸爸，危险呀！站在这种锯齿般突兀的岩石上……脚板很痛吧？"五十四岁的三吉从床上对着雪景中的父亲说。

岩石顶端是不计其数的扎入脚板的水晶尖齿。三吉这么一说，父亲挪动了一下脚，试图站稳脚跟。岩石上的雪崩塌，落在溪流里了。父亲可能是害怕了，紧紧地抱住了三吉。

"这样的大雪也没能把涓涓的溪流埋没啊，真不可思议。"父亲说。

父亲的肩上、头上，还有抱着三吉的那双胳膊上，都落了积雪。

墙上的雪景在移动，沿着小溪逆流而上。湖水的景致很是开阔。尽管这是深山中的一泓小湖，不过作为涓涓溪流的源头还是很大的。素白的鹅毛大雪从此岸逐渐飘向远方，恍如涂上了一抹灰色。厚厚的云层密布。对岸的山峦隐约可见。

纷纷扬扬的鹅毛大雪飘落在水面又消逝了。三吉凝望着这景色，一会儿看见对岸的山上有东西在动，掠过灰色的天空向这边飞来。原来是成群的飞鸟。它们展开雪白的翅膀。雪仿佛也变成了翅膀。即使在三吉的眼前翩然飞舞，也不会听见振翅的声音。莫非是悠然地展翅而不高飞?莫非是纷飞的白雪驾着飞鸟翱翔?

三吉想数数鸟的数目,是七只,是十一只,数迷糊了,倒是一种乐趣。

"什么鸟……究竟几只?"

"不是鸟啊。你没有看见驾在翅膀上的东西吗?"雪鸟回答道。

"啊,明白了。"三吉说。

原来是曾经爱过三吉的姑娘们驾着雪中之鸟飞来了。究竟是哪个姑娘先启齿的呢?

三吉在梦幻的雪中,能够自由地呼唤出过去曾经爱过自己的人们——从元旦傍晚至初三清晨,三吉在梦幻饭店的"雪间"里,把窗帘拉得严严实实,膳食也让人送到房间里,他始终躺在床上,原来是同这些人幽会啊!

久违的人

"今天又遇见了久违的人哪。"

最近父亲从学校回到家里,总是对女儿这样说。他多次重复谈及当天遇见"久违的人"的事,大概隔三五天就谈一次。

父亲是一所私立学校的语文老师,退休后,在别处任讲师之职。两个月前,儿子结婚,另立了门户,他就和女儿两人过日子。今年儿子三十三岁,算是晚婚了。女儿也已二十六岁。父亲和第一任妻子只共同生活了四年就分手了,没有孩子。第二个妻子生了两个孩子,女儿六岁上,也分手了。此后父亲一直过着独身的生活。家中的女管家在父亲家待了很长时间,亲戚建议父亲索性娶她为妻,可是儿子和女儿都不接受。由于这个缘故,女管家待不下去,走了。

儿女还年幼时,父亲疼爱儿子甚于女儿。儿子像女性,父亲的身边琐事,他照顾得比女儿还体贴入微。从学生时代起,他就爱美,擦自己的鞋的时候,总是连父亲的鞋也一起擦,熨自己的西装的时候,也总是连父亲的西装一起熨。从领带到内衣裤,凡是父亲身上的穿戴,一切都由儿子来选购。儿子还干炊事的活计。儿子在厨房里准备晚餐的时候,父亲就对女儿说:"你也去帮帮忙吧。"

"是他自己喜欢干的,去妨碍他,他还不高兴呢。"女儿沉着地回答说,"哥哥像个女人,还不是爸爸的责任吗?"

"他从小总爱模仿妈妈啊。"

"也许是哥哥深深体会到没有母亲的痛苦,所以想要像母亲那样侍候父亲吧。我可不愿意这样做。"

儿子结婚另立门户之后,老父深感寂寞,有时对女儿嫌恶比好感多。曾经发生过这样一桩事情:有一天,父亲不知系什么领带好,他拿出了三四条领带,系了又换,换了又系,女儿一言不发地凝望着。父亲从学校回到家里,他的姿影比先前明显地憔悴了,骤然变老了。

"今天又遇见了久违的人哪。"

父亲念叨这句话,最先就是从那时候开始的。

"那女子是我在乡村小学时代的同班同学。说是女子,其实如今已是老太婆了。不过,比起我来,她远比实际年龄年轻得多。因为她本来是个倔强的女子啊。她有两件事给我留下了印象。从前,我们乡村小学生都很粗野,有时在放学回家途中,拽住女同学的头发嬉闹。男生把女生一个个地绊倒,然后抓住她们的辫子拽着走。最先哭出声的一组就算输,忍受时间最长的一组就算赢。这女生直到最后都没有哭,五六个男生中,我得了第一。因为我一边拽一边望着她的脸,心想,她不哭吗?她吊着眼梢,连眼也无法眨一眨,可她还是强忍住了。她那副刚毅严厉的脸,我至今仍记忆犹新。"

数十年过去了。据父亲说,他在东京街头上又遇见了这女子。她已是一家保险公司董事的夫人,当然也有儿孙。父亲说,是对方先向他招呼的。

其次,父亲遇见的"久违的人",就是他上大学预科时的一家当铺的小伙计。父亲在学校寄宿,那时的宿舍是很自由的,放假回乡省亲的时候,他将棉被典当了,回广岛途中,大概在京都或是什么地方下车玩了一天。因为手里弄到一笔学杂费,回到宿舍以后,他就将典当的东西赎回来了。

"就是这小伙计经常替我将棉被搬去又搬回来。听说,现在他在芝区开了一间当铺。真令人怀念啊。"

从学校回来,父亲还告诉女儿说,在马路上,他遇见了第一次结婚时的媒人夫妻。据媒人说,他的前妻再婚了,因为劳累过度,十年前已经作古。

"夫妇一起生活的时间很短暂,前妻的死,我全然不知道。"父亲说。

后来,父亲接二连三地在街上偶然遇见从前很有缘分、如今已经疏远的人。每次相遇他都告诉了女儿。诸如大学的同学啦,提任教师后第一次教过的学生啦,昔日房东的女儿,还有后妻的亲友啦,从前学尺八的师兄弟啦,登山伙伴的姐姐啦,村子里的熟人啦,等等。但是,父亲谈遇见这些人的话渐渐变得简单了。女儿不由得开始生起疑团来。

"今天又遇见了久违的人哪。"

父亲照例这样说道。他脱下西装之前,将兜里的香烟、手绢先掏出来。他只是提及邂逅了旧日的朋友,却没有说这些朋友的详细情况。女儿拾起手绢,手绢里飘落了一片红彤彤的大枫叶。

"啊,太美了!是点缀在菜碟里的吧?跟那位朋友共进晚餐了,是吗?"女儿说。

"不。起风了,学校的枫叶四处飘零。这片枫叶飘落在我的头上。只是这么一片飘落到我的头上。"

父亲真的屡屡遇见了"久违的人"吗?女儿很想证实一下。她知道父亲的下班时间,于是早早就躲藏在学校附近车站的隐蔽处等候。父亲急匆匆地来到了车站。他用右手轻轻打了个手势。女儿看见了父亲邂逅的女人,胸口像被捅了一样,原来她就是自己的母亲。她不禁呆若木鸡。

女儿思忖:"难道父亲所说的遇见的'久违的人'是谎言,其实是自己的母亲?父亲为什么要瞒着女儿呢?难道是为了如今已再婚、有了自己的丈夫和孩子的母亲吗?父亲从什么时候起、为什么要与母亲相见呢?"

下次,女儿自己也打算去见母亲。她一连三天来到车站。母亲没有来。第四天,父亲看见一个进站的美貌的中年妇女,就停住了脚步,歪了歪脑袋,但最后还是走了过去,同她搭起话来。那妇人露出了诧异的神色，似乎在说"我想不起来了"。父亲是认错人了吗？女儿真想跑到父亲的身边去。可是，她一想到父亲遇见的"久违的人"不也都是看错人了吧，就有点惧怕了。那个女人——女儿的母亲也是认错人了吧！她的心头涌上了这样的疑念。

附录

打开川端文学之门的钥匙

叶渭渠

掌篇小说是川端文学世界的重要组成部分。

一般日本作家的成功之路是从创作诗歌开始的,而川端康成则是从创作掌篇小说开始迈出了自己的艺术步伐。在新感觉派同人中,川端大力倡导这一艺术形式,认为这是"短篇小说的精髓"。他的作品中掌篇小说最多,也最有成就,先后发表了四部掌篇小说集,共一百四十余篇,其中四分之三是在创作初期发表的。他的许多中长篇小说和短篇小说都是经过掌篇小说的发酵、酿造,然后提炼、改造而成的。可以说,川端的掌篇小说是川端文学的酵母,也是川端文学的源头。

川端康成早期创作的相当部分的掌篇小说,是描写孤儿的生活和感情的波折,如《拾骨》《向阳》《母亲》《相片》《脆弱的器皿》《走向火海》《处女作作祟》等,都带有强烈的自叙传色彩。作家青少年时代的生活,是由苦涩、寂寞、忧郁编织成的,这种感情反反复复地出现在他的作品中,比如"孤儿的感情"、恋爱的失意、对爱的渴望,以及这种渴望不能实现的悲哀等。在这类作品中,只有《雨伞》等小说描写了恋爱生活的甜美回忆。

川端小说中所表现的对下层人物的那种淡淡的同情和哀怜,在他的掌篇小说里得到了集中、充分的反映。如《玻璃》《海》《脸》《结发》《谢谢》《早晨的趾甲》《母亲的眼睛》《偷茉萸菜的人》等作品中的童工、劳工、小保姆、女艺人、艺伎、乞丐、捡破烂的、代书人、穷学生等渺小人物,都是他关注的对象,从细微处剪影式地描写了他们的悲苦生活,代言了他们的疾苦与愿望,反映了他们对自由的渴望、对生命的悲叹。这些作品包含了许多人生的见解。

岛木健作评说:"这些作品反映了广泛而深刻的人生……带给人间温暖,直接触动了人们的心弦。同川端后期的作品不同,这些作品像被洗涤过一样清澈澄明,使人从中感受到美、思慕和悲喜的人性。"有的评论家甚至将川端的掌篇小说《玻璃》所反映的悲惨劳动生活与叶山嘉树的代表作《水泥桶里的一封信》相提并论。应该说,川端康成的这一掌篇小说群是川端文学最闪光的部分。

川端的小说,描写男女爱情的最多,他的掌篇小说也不例外。尤其是描写少男少女之间的纯情,如《蝗虫与金琵琶》《树上》《秋雨》《少男少女和板车》《相片》等更是妙笔生辉,写得那样纯真、美好,又那样朦胧极致,展示了他们之间天真无邪的纯洁感情。但是,川端笔下的多数爱情故事,如《娘家》《夏与冬》《殉情》等,都写了追求爱情而不得,流露出几许感伤的情调。作家本人也表白:这类掌篇小说"支撑着爱的悲哀"。

还有一类以爱情为主题的掌篇小说,如《金丝雀》等,写了道德与背德的矛盾冲突,揭示了男女不正常爱恋的复杂心态,在某种程度上展露了他们对不伦行为的内疚心绪,与作家所写的长篇小说《千只鹤》《山音》似是同一类。而这类小说发展至后期,就往往通过梦幻与现实、具象与抽象、过去和现在的交错手法,表现了生、死、爱的颓废情调。如《不死》《雪》等,无论从内容或形式上,都与作家的《睡美人》《一只手臂》十分相似,其颓废精神也是十分契合的。实际上都是写老人与少女超越时间、生死、现实与梦幻界限的恋情,追求一种颓废美、意境美。

作家的掌篇小说的主题与题材,比他的其他形式的小说广泛得多,有写战争给人们的生活和爱情带来创伤和投下阴影的,如《竹叶舟》《五角钱银币》;也有写日常生活,来讥讽虚情假意或者讽喻人生的,如《人的脚步声》《不笑的男人》《厕中成佛》等,都蕴含着一定的人生哲理,让人沉吟回味,给人以启迪。

川端康成的掌篇小说,首先在于意境美。他不是以故事感人,而是以意境取胜,着力追求一种内涵深邃的意蕴。他写下层人物的悲苦生活,没有惊人的矛盾冲突;他写的男女爱情,没有跌宕的情节,他们的故事都是蕴含在平凡的生活动态之中,在读者面前呈现出一种深邃的艺术境界。

其次在于人物感情富有美的内涵。川端康成的掌篇小说虽极短小,但它保留了构成小说的一切要素,所以他在故事设计、场景安排上更注意简化、浓缩化,而在人物塑造方面则突出人物的特征,尤其着力于人物的心态变化,使人物的感情更加集中,更加富有美的内涵。

再次在于选择语言之精练。作家的掌篇小说语言简洁、凝练、清新,诗意蕴藉,富有旋律,很重感情,尤其运用纯粹的日本语言,以及日本便捷、轻灵的艺术形式之美,使作品具有艺术的力量,有着美的魂灵。

由于有了以上特色,川端康成的掌篇小说虽然短小,但精悍,短者几百字,长者两三千字,却将从生活海洋中撷取的转瞬即逝的小浪花引向无穷的天地,引向美妙的艺术世界。

总括来说,川端的掌篇小说从内容至形式,都是与川端的整个创作一脉相承的。川端文学研究会会长谷川泉先生说得好:"川端的掌篇小说是川端文学的重要路标……打开川端文学之门的钥匙,不是《伊豆的舞女》,而是掌篇小说。"

川端康成生平年谱

1899 年	6月14日生于大阪市北区此花町,父亲是个开业医生,川端是家中长子。
1901 年（2 岁）	父亲病逝。随母迁至大阪府西城郡丰里村。
1902 年（3 岁）	母亲辞世,与祖父母迁居原籍大阪府三岛郡丰川村。
1906 年（7 岁）	入大阪府三岛郡丰川普通小学,因身体瘦弱多病,经常缺课,但学习成绩优异。祖母故去,与祖父相依为命。
1912 年（13 岁）	小学毕业,并以第一名的成绩考入大阪府立茨木中学。
1913 年（14 岁）	上中学二年级,博览文艺书刊,并习作短歌、俳句、新诗等,开始立志当小说家。
1914 年（15 岁）	祖父辞世,成为孤儿,顾影自怜。在祖父弥留之际,如实地记录了祖父的状况,写就了《十六岁的日记》。短篇小说《拾骨》《参加葬礼的名人》等,都是在这个基础上重新改写而成的。

1915年（16岁）	在茨木中学开始寄宿生活，直至中学毕业。博览群书，从《源氏物语》到陀思妥耶夫斯基的作品，古今名著皆有涉猎。
1917年（18岁）	从茨木中学毕业，考入第一高等学校。这时期最爱读俄国文学。
1918年（19岁）	初次去伊豆半岛旅行，与巡回表演艺人同行，将与舞女邂逅的感情生活体验，写进了《汤岛的回忆》，成为名作《伊豆的舞女》的雏形。此后，每年都到伊豆半岛旅行，持续约十年。

第一高等学校时期伊豆之旅中的川端康成

1919年（20岁）	发表描写初恋生活的小说《千代》。
1920年（21岁）	从第一高等学校毕业，进入东京帝国大学（今东京大学）文学系英文学科，取得文坛先辈菊池宽的支持。
1921年（22岁）	发表《招魂节一景》。这一年，发生了与咖啡店女招待伊藤初代从恋爱、订婚到感情破裂的事件，并将这一"非常"事件写成《南方的火》《非常》等作品。发表评论文章《南部氏的风格》，第一次拿到稿费。
1922年（23岁）	从东京帝国大学英文学科转读国文学科。开始从事持续近二十年的文艺评论活动。
1923年（24岁）	成为菊池宽创办的杂志《文艺春秋》的同人编辑。名字载入首次出版发行的《文艺年鉴》。
1924年（25岁）	从东京帝国大学毕业。与横光利一等创刊《文艺时代》，发起新感觉派文学运动。
1925年（26岁）	在友人家初次遇见松林秀子，一见钟情。发表了新感觉派纲领性的论文《新进作家的新倾向解说》。
1926年（27岁）	开始与秀子同居，寄住在友人家或居于伊豆汤岛。写了新感觉派唯一的电影剧本《疯狂的一页》，发表了《伊豆的舞女》，出版了作品集《感情的装饰》，主要收录了小小说。
1927年（28岁）	出版小说集《伊豆的舞女》。

1929年（30岁）	常逛浅草，结识了舞女们，做了大量采访笔记，开始连载小说《浅草红团》。
1930年（31岁）	在菊池宽主持的文化学院担任讲师，还兼任日本大学的讲师。加入中村武罗夫主持的"十三人俱乐部"，创作了具有新心理主义特色的小说《针、玻璃和雾》等。
1931年（32岁）	写了新心理主义小说《水晶幻想》。与秀子正式结婚。
1932年（33岁）	发表了《致父母的信》，以及体现他生死观的《抒情歌》《慰灵歌》等。
1933年（34岁）	《伊豆的舞女》第一次被拍成电影。发表小说《禽兽》和随笔《临终的眼》。
1934年（35岁）	被列名在右翼文化团体文艺恳话会的花名册上，其本人事前一无所知。开始连载《雪国》。

川端康成与夫人秀子

1935年（36岁）	担任文艺春秋社新设的"芥川奖""直木奖"的评委。出版随笔集《纯粹的声音》，继续连载《雪国》。
1936年（37岁）	发表《告别"文艺时评"》，宣告不写文艺评论，显示了对战时体制的"最消极的合作、最消极的抵抗"的姿态。发表《花的圆舞曲》。
1937年（38岁）	出版《雪国》单行本，获第三届"文艺恳话会奖"。写了《牧歌》《高原》等。开始连载《少女开眼》，开始写介于纯文学与通俗文学的"中间小说"。
1938年（39岁）	出版《川端康成文集》（全9卷，改造社）。观看并记录秀哉名人引退围棋战局，在报纸上发表《我写围棋观战记》。
1939年（40岁）	继续写围棋观战记，在报纸上连载。
1940年（41岁）	秀哉名人猝逝后，拍摄了名人的遗容。发表《母亲的初恋》《雪中火场》（《雪国》续章）等。
1941年（42岁）	发表《银河》（《雪国》续章）。
1942年（43岁）	为了写《名人》《八云》等作品前往京都。
1943年（44岁）	赴大阪故里，收养表兄的女儿政子为义女。写了《故园》《父亲的名字》等。
1944年（45岁）	获得第六届"菊池宽奖"。其他活动概不参与，沉溺在古典文学的世界里。发表《夕阳》《一

	草一木》等。
1945年（46岁）	与友人开设出租书屋"镰仓文库"，热心投入这项工作。
1946年（47岁）	结识三岛由纪夫，并推荐和支持三岛《香烟》的发表，从此与三岛结下师生的情谊。发表《雪国抄》《重逢》等。
1947年（48岁）	参与重建日本笔会的工作，发表小说《续雪国》、随笔《哀愁》等。
1948年（49岁）	担任日本笔会会长。出版《雪国》定稿本、随笔集《独影自命》。创作《再婚的女人》。
1949年（50岁）	连载长篇小说《千只鹤》《山音》。
1950年（51岁）	在广岛举办的"世界和平与文艺讲演会"上发表了以《武器招徕战争》为题的"和平宣言"。开始连载《天授之子》《舞姬》等。
1951年（52岁）	出版《舞姬》单行本，开始连载《名人》。
1952年（53岁）	出版《千只鹤》《山音》单行本，《千只鹤》获"艺术院奖"。发表了《波千鸟》(《千只鹤》续篇)。
1953年（54岁）	被选为艺术院会员。担任"野间文艺奖"评委。开始写通俗小说《河边小镇的故事》。
1954年（55岁）	出版《名人》单行本，开始连载《湖》《东京人》。

1955年（56岁）	出版《东京人》单行本等。爱德华·塞登斯特卡节译的《伊豆的舞女》刊登在《大西洋月刊》日本特辑号上。
1956年（57岁）	出版《生为女人》等。是年起，作品在海外的翻译出版逐年增多。
1957年（58岁）	赴欧洲出席国际笔会执行委员会议，同时访问欧亚诸国和地区。主持在东京召开的第29届国际笔会大会。发表随笔《东西方文化的桥梁》等。
1958年（59岁）	被选为国际笔会副会长。发表《弓浦市》等。
1959年（60岁）	在法兰克福举行的第30届国际笔会大会上被授予歌德奖章。是年，在长期的作家生活中，第一次没有发表任何一篇小说。
1960年（61岁）	应美国国务院的邀请访美。作为特邀代表出席巴西圣保罗主办的第31届国际笔会大会。获法国政府授予的艺术文化军官级勋章。开始连载《睡美人》等。
1961年（62岁）	出版《湖》单行本，开始连载《古都》《美丽与悲哀》。获日本政府颁发的第21届文化勋章。
1962年（63岁）	出版《古都》单行本，发表《落花流水》等。
1963年（64岁）	出任日本近代文学馆监事、近代文学博物馆委员长。发表《一只胳膊》等。
1964年（65岁）	作为特邀代表，出席在奥斯陆召开的第32届

	国际笔会大会,归途历访欧洲各国。开始连载《蒲公英》(至1968年,未完)。
1965年(66岁)	辞去自1948年起担任的日本笔会会长的职务。开始连载《玉响》(至翌年,未完)。
1966年(67岁)	受日本笔会表彰,并受赠一尊由高田博厚制作的胸像。
1967年(68岁)	任新开的日本近代文学馆名誉顾问。开始连载《一草一花》等。
1968年(69岁)	获诺贝尔文学奖,赴斯德哥尔摩出席授奖仪式,并在瑞典科学院作题为《我在美丽的日本》的演讲。顺道访问欧洲诸国。
1969年(70岁)	赴夏威夷大学作题为《美的存在与发现》的特别演讲。作为文化使者,出席在旧金山举办的"移民百年纪念旧金山日本周",并作题为《日本文学之美》的特别讲演。先后被授予美国艺术文艺学会名誉会员、夏威夷大学名誉文学博士称号。

川端康成与电影《伊豆的舞女》中饰舞女的吉永小百合在拍摄现场

	回国后又被授予镰仓市名誉市民等称号。生前第五次出版《川端康成全集》(全19卷)。
1970年（71岁）	出席在中国台北举办的亚洲作家会议。作为特邀代表，出席在韩国汉城召开的第38届国际笔会大会。发表《竹声桃花》等。
1971年（72岁）	举办"川端康成个人图书展"。任日本近代文学馆名誉馆长。
1972年（73岁）	出席《文艺春秋》创立50周年举办的新年社员见面会，并作了演讲，以《但愿是新人》为题发表在《诸君》上。4月16日在逗子市的玛丽娜公寓口含煤气管自杀。

1968年12月10日川端康成在诺贝尔奖授奖仪式上领奖

译著等身，风雨同路：
记学者伉俪叶渭渠、唐月梅

1945年9月，在越南西贡堤岸的知用中学里，叶渭渠和唐月梅初次相遇。彼时，15岁的唐月梅在此读初二，而17岁的叶渭渠刚转学至此，两人正值青春年少。

唐月梅学习成绩优异，又有文艺天赋，在叶渭渠来到知用中学时，她已是学校学生会的主席，是学校里的风云人物。当已然80岁的唐月梅老人谈起两人的初遇时，眼神里闪烁着当年的怦然心动："只见一位少年骑着自行车，正好从对面过来。多么神奇的眼神！"

叶渭渠以俊朗的外表和极高的修养，赢得了老师和同学们的喜爱。他思想进步，积极向共产党组织靠拢，逐渐成为地下学联的主席。这个组织旨在宣传新思想，反对国民党的腐败统治，同时参与越南共产党组织的一些活动。这些都是很隐秘的地下活动，所有成员都是单线联系。叶渭渠发展唐月梅加入，自己作为她的联系人。叶、唐二人在校期间曾一同排演话剧，成为令人艳羡的一对。革命和爱情的种子开始在这对青年男女懵懂的心绪中悄然生发。

1952年6月，叶、唐二人正式踏上归国的路途，最终回到祖国母亲的怀抱。二人在北京安顿下来后，准备考大学。一开始叶渭渠的志愿是新闻系，而唐月梅想学医。但周围有人建议，中国此时外语人才奇缺，作为华侨，他们有一定的语言优势，不如改考语言专业。最终，他们双双考入北京大学，就读于季羡林先生领导下的东方语言文学系，主修日语。

1956年，二人在老师和同学们的祝福下举办了一个小小的婚礼。"新房借用的是一位休假教师的宿舍，加两个凳子，再铺上块木板。全班同学合送了一条新毛巾，算是最值钱的家当。三天后，我们就回到各自的宿舍，随后到青岛旅游度蜜月。"就这样，相识十一年的二人正式结为夫妻。

他们婚后的生活一直很清贫。对于生活的艰苦，二人在回国的时候做了充分的心理准备：只要能做自己喜欢的工作，无论怎样都可以适应。在最艰难的时刻，他们流泪烧毁了积攒的日文书籍，只留了一本日汉词典带在身边，每天晚上拿出来背单词。

20世纪70年代末，叶渭渠和唐月梅才真正开始日本文学的翻译和研究。此时他们的家庭负担异常繁重，上有老、下有小。他们只能挤在逼仄的杂物间里伏案工作。唐月梅回忆："我们只能在杂物间支起一张小书桌，轮流工作。老叶习惯工作到深夜，我则凌晨四五点起床和他换班。"正是在这样窘迫的环境中，两人完成了《伊豆的舞女》《雪国》《古都》等重要作品的翻译工作。他们很少谈家事，对话大多也是关于工作和学问的。叶渭渠说，这种关系不是"夫唱妇随"，也不是"妇唱夫随"，而是"同舟共济，一加一大于二"。

不久后,《雪国》《古都》交由一家地方出版社准备出版。但那时川端康成尚属"思想禁区"中的重点人物,有人甚至写文章批判《雪国》是一部黄色小说。《雪国》《古都》译稿在出版社积压许久也没有进展,出版社想单独出版《古都》,可是叶、唐夫妇态度坚决,要么一同出版,要么将两部译稿一并收回。最终两部小说译稿不仅成功出版发行,还成了畅销书。专家和读者给予这两部译著很高的评价。

此后多年,二人同在中国社会科学院,做了大量有关日本文学与文化的研究工作,并共同访问日本。在川端康成的家中,他们见到了自川端自杀后就独自生活的秀子。

退休后,两人也不像一般老人那样颐养天年,而是决心"春尽有归日,老来无去时",两人用近三十年的时间合著了《日本文学史》,光是搜集整理文献资料就耗费近二十年。

叶渭渠、唐月梅携手走过半个多世纪的风雨人生,他们既是相濡以沫的夫妻,也是志同道合的朋友,堪称最美的伉俪学者。他们浩如烟海的译著成就,便是他们忠贞爱情的一大结晶。

图书在版编目（CIP）数据

藤花与草莓 /（日）川端康成著；叶渭渠译. —— 杭州：浙江人民出版社，2022.12
 ISBN 978-7-213-10596-8

Ⅰ. ①藤… Ⅱ. ①川… ②叶… Ⅲ. ①短篇小说 - 小说集 - 日本 - 现代 Ⅳ. ① I313.45

中国版本图书馆 CIP 数据核字 (2022) 第 077866 号

藤花与草莓
TENGHUA YU CAOMEI

[日]川端康成　著　　叶渭渠　译

出版发行	浙江人民出版社（杭州市体育场路347号　邮编　310006）
责任编辑	徐婷
责任校对	陈春
封面设计	艾藤　沐希
电脑制版	Magi
印　　刷	河北鹏润印刷有限公司
开　　本	880 毫米 ×1230 毫米　1/32
印　　张	9
字　　数	210 千字
插　　页	2
版　　次	2022 年 12 月第 1 版
印　　次	2022 年 12 月第 1 次印刷
书　　号	ISBN 978-7-213-10596-8
定　　价	49.80 元

如发现图书质量问题，可联系调换。质量投诉电话：010-82069336